奇跡《きせき》のパンダファミリー

～愛と涙の子育て物語～

みなさんこんにちは！
結《ゆい》浜《ひん》です。
生《う》まれた時《とき》は
ピンク色《いろ》でした♥
ほぼ
実《じつ》物《ぶつ》大《だい》
だよ!!
目《め》はまだ見《み》えないよ
生《う》まれてから目《め》が
できてくるんだって。
するどい爪《つめ》が
生《は》えているよ。
小《ちい》さいけれど
しっかりした爪《つめ》なんだ。

2016年《ねん》9月《がつ》18日誕生《にちたんじょう》

体長《たいちょう》:24cm《センチメートル》(しっぽは6.5cm《センチメートル》!)

体重《たいじゅう》:197g《グラム》

女《おんな》の子《こ》だよ!

1週間《しゅうかん》もたつと
パンダ模様《もよう》が
うっすらと……

ママのお乳《ちち》はなんと、緑色《みどりいろ》！

お母《かあ》さんのおっぱいをいっぱい飲《の》んで、すくすく大《おお》きくなりました。

1ヶ月《かげつ》

だいぶパンダらしくなってきたよ。
このころから少《すこ》しずつ目《め》が開《ひら》きはじめるんだって。

3ヶ《か》月《げつ》 毛《け》がフサフサしてきたよ。

体《からだ》が少《すこ》しピンクなのは、
お母《かあ》さんがなめてくれるから。

6ヶ《か》月《げつ》
ドキドキで
お外《そと》デビューを
果《は》たしたよ！

木《き》に登《のぼ》れるように
なったよ。

家族《かぞく》のみんなに支《ささ》えられて、元気《げんき》に暮《く》らしています!!

お世話《せわ》をしてくれる
飼育員《しいくいん》さんたち

20年以上《ねんいじょう》も毎日《まいにち》パンダの
記録《きろく》をつけているよ!

お母《かあ》さんパンダ
良《らう》浜《ひん》

末《すえ》っ子《こ》パンダ
結《ゆい》浜《ひん》

双《ふた》子《ご》の
お姉《ねえ》さんパンダ
桜《おう》浜《ひん》&《アンド》
桃《とう》浜《ひん》

結浜《ゆいひん》は こんなに大《おお》きくなりました！

頭《あたま》の毛《け》のとんがりがチャームポイント♥

もう少《すこ》しで2歳《さい》。
体重《たいじゅう》も70kg《キログラム》を超《こ》えたよ！
(2018年《ねん》8月《がつ》現在《げんざい》)

奇跡のパンダファミリー
～愛と涙の子育て物語～

NHKスペシャル取材班／著

★小学館ジュニア文庫★

奇《き》跡《せき》のパンダファミリー

~愛《あい》と涙《なみだ》の子育《こそだ》て物語《ものがたり》~

もくじ

●この本《ほん》に登場《とうじょう》するパンダと飼育員《しいくいん》さんたち

結浜《ユイヒン》

永明《エイメイ》と良浜《ラウヒン》との間《あいだ》に生《う》まれた8番目《ばんめ》のパンダ。

良浜《ラウヒン》

2000年《ねん》9月《がつ》6日《か》生《う》まれのメス。赤《あか》ちゃんパンダ結浜《ユイヒン》のお母《かあ》さん。まるい顔《かお》の美人《びじん》さん。

熊《くま》川《かわ》智《とも》子《こ》さん

遠藤《えんどう》さんの先輩《せんぱい》にあたるベテラン飼育員《しいくいん》。

遠《えん》藤《どう》倫《とも》子《こ》さん

白浜《しらはま》のパンダ飼育《しいく》員《いん》チームの若《わか》きリーダー。

永《エイ》明《メイ》

1992年《ねん》9月《がつ》14日《か》生《う》まれのオス。'94年《ねん》9月《がつ》に中国《ちゅうごく》から白浜《しらはま》にやってきたお父《とう》さんパンダ。

中《なか》尾《お》建《たつ》子《こ》さん

アドベンチャーワールドの頼《たよ》れる獣医師《じゅういし》。

序章《じょしょう》

夏《なつ》の太陽光線《たいようこうせん》が少《すこ》し、和《やわ》らいできた２０１６年《ねん》9月半《がつなか》ば。のんびりと歩《ある》く楽《たの》しそうな家族連《かぞくづ》れが大半《たいはん》を占《し》める動物公園《どうぶつこうえん》の中《なか》を、私《わたし》たちは少《すこ》し急《いそ》ぎ足《あし》で歩《ある》いていました。少《すこ》し場違《ばちが》いな感《かん》じでしたが、私《わたし》たちには、大事《だいじ》な目的《もくてき》がありました。それは、子《こ》どもたちのアイドル、ジャイアントパンダの出産《しゅっさん》を密着撮影《みっちゃくさつえい》すること。この日《ひ》は、そのための打《う》ち合《あ》わせに訪《おとず》れました。

ジャイアントパンダは地球上《ちきゅうじょう》にわずか２０００頭《とう》ほど、絶滅《ぜつめつ》のおそれがある動物《どうぶつ》です。

太平洋《たいへいよう》に突《つ》き出《だ》した紀伊半島《きいはんとう》の南部《なんぶ》、和歌山県白浜町《わかやまけんしらはまちょう》。温暖《おんだん》な気候《きこう》、美《うつく》しい海《うみ》、そして温泉《おんせん》。古《ふる》くから関西屈指《かんさいくっし》の行楽地《こうらくち》として知《し》られていますが、今《いま》、この町《まち》を訪《おとず》れる観光客《かんこうきゃく》の

南紀白浜空港《なんきしらはまくうこう》からバスで５分《ふん》ほどの高台《たかだい》にあるアドベンチャーワールド。

お目《め》当《あ》ては、なんといっても動物公園《どうぶつこうえん》「アドベンチャーワールド」です。

ここアドベンチャーワールドは、難《むずか》しいとされているパンダの繁殖《はんしょく》に成功《せいこう》し、これまでに14頭《とう》（２０１６年《ねん》９月《がつ》現在《げんざい》）ものパンダを育《そだ》ててきました。私《わたし》たちが取材《しゅざい》に行《い》ったときには、７頭《とう》のパンダが暮《く》らしていて、日本《にほん》で一番《いちばん》たくさんのパンダに出会《であ》える動物公園《どうぶつこうえん》として有名《ゆうめい》です。

なぜ、白浜《しらはま》ではパンダがたくさん生《う》まれているのか？

取材班《しゅざいはん》の私《わたし》たち、ディレクターの伊藤《いとう》と記《き》者《しゃ》の建畠《たてはた》は、その秘密《ひみつ》に迫《せま》るべく、ここにやってきたのです。

入場《にゅうじょう》ゲートをくぐると早速《さっそく》さまざまな動物《どうぶつ》が私《わたし》たちを出迎《でむか》えてくれました。ラクダ、ゾウ、ペンギン、イルカ、サイ、カバ、ライオン……ここではパンダを含《ふく》めて140種類《しゅるい》1400頭《とう》もの動物《どうぶつ》たちを見《み》ることができます。

園内《えんない》をどんどん奥《おく》に入《はい》っていくと、この本《ほん》の主人公《しゅじんこう》、パンダがいるスペースが見《み》えてきました。たくさんのお客《きゃく》さんで賑《にぎ》わっています。私《わたし》たちが訪《おとず》れたとき、パンダは青々《あおあお》とした芝生《しばふ》の運動場《うんどうじょう》に、ゴロンと横《よこ》になっていました。ぐっすり眠《ねむ》りながらもボリボリと体《からだ》をかくしぐさは、まるで人間《にんげん》のよう。このあと何度《なんど》も感《かん》じますが、パンダの行動《こうどう》やしぐさは、どこか人間《にんげん》に似《に》ています。人気《にんき》の秘密《ひみつ》は、そんなところにもあるのかもしれないと思《おも》いつつ、私《わたし》たちはその姿《すがた》をじっと眺《なが》めていました。

パンダが動《うご》くたびに歓声《かんせい》が上《あ》がります。若《わか》い女性《じょせい》のグループからは、「かわいい〜！」「動《うご》きが人間《にんげん》みたい〜！」「おじさんが着《き》ぐるみをかぶってるんじゃないの？」なんて言《い》い

運動場《うんどうじょう》でのんびり竹《たけ》を食《た》べるお父《とう》さんパンダ・永明《エイメイ》。

ながら、スマートフォンやカメラでパンダの表《ひょう》情《じょう》を狙《ねら》っています。きっと、フェイスブックやインスタグラムといったSNS《エスエヌエス》で友達《ともだち》に報告《ほうこく》するのでしょう。

一方《いっぽう》、「パンダマニア」とでもいったらいいのでしょうか、定期的《ていきてき》に園《えん》を訪《おとず》れる「常連客《じょうれんきゃく》」の姿《すがた》も。パンダの魅力《みりょく》に引《ひ》きつけられ、全国各《ぜんこくかく》地《ち》から通《かよ》っている人《ひと》も少《すく》なくありません。それぞれ、ごひいきのパンダがいます。2014年《ねん》12月《がつ》生《う》まれの双子《ふたご》の姉妹《しまい》、桜浜《オウヒン》、桃浜《トウヒン》が高《たか》い人《にん》気《き》ですが、彼女《かのじょ》たちのお父《とう》さん、永明《エイメイ》の人気《にんき》もかなりのもの。人間《にんげん》にたとえると、70歳以上《さいいじょう》、哀愁《あいしゅう》と少《すこ》しとぼけた雰囲気《ふんいき》が、特《とく》に女性客《じょせいきゃく》に人《にん》気《き》なんだとか。

いつまでも見《み》ていたいところですが、飼育員《しいくいん》さんとの待《ま》ち合《あ》わせの時間《じかん》を思《おも》い出《だ》し、私《わたし》たちはあわてて運動場《うんどうじょう》の近《ちか》くにある「ブリーディングセンター」へと向《む》かいました。

ブリード（Breed《ブリード》）とは動物《どうぶつ》が子《こ》を生《う》むという意味《いみ》。パンダが出産《しゅっさん》や子育《こそだ》てをする施設《しせつ》です。ある程度成長《ていどせいちょう》した赤《あか》ちゃんパンダの展示《てんじ》もここで行《おこな》われますが、私《わたし》たちの目的地《もくてきち》はその奥《おく》にある「バックヤード」と呼《よ》ばれる特《とく》別《べつ》な場所《ばしょ》。関係者以外立《かんけいしゃいがいた》ち入《い》り禁止《きんし》の看板《かんばん》を横目《よこめ》に、中《なか》に入《はい》っていきました。

絶滅《ぜつめつ》のおそれがあるパンダ、万《まん》が一《いち》にも外《そと》から病気《びょうき》を持《も》ち込《こ》むことがないよう、バックヤードには、アドベンチャーワールドにいるパンダ飼育員《しいくいん》の中《なか》でも、ごく限《かぎ》られたメンバーしか立《た》ち入《い》ることが許《ゆる》されていません。今回《こんかい》、私《わたし》たちは特別《とくべつ》な許可《きょか》を得《え》て、このエリア

バックヤードの様子《ようす》。ところどころにエサの竹《たけ》が大量《たいりょう》に積《つ》み上《あ》げられている。

出産《しゅっさん》をひかえた良浜《ラウヒン》の様子《ようす》を見守《みまも》る飼育員《しいくいん》の遠藤《えんどう》さん。

の中《なか》でパンダの出産《しゅっさん》、子育《こそだ》ての一部始終《いちぶしじゅう》を撮影《さつえい》することになりました。入念《にゅうねん》に手足《てあし》の消毒《しょうどく》をすませて、一歩《いっぽ》足《あし》を踏《ふ》み入《い》れます。

「ガチャ」

重々《おもおも》しい音《おと》を立《た》てて金属製《きんぞくせい》の扉《とびら》を開《ひら》くと、冷《つめ》たい空気《くうき》が頬《ほお》をなでます。残暑《ざんしょ》の外《そと》の陽気《ようき》で汗《あせ》ばんだ肌《はだ》にヒヤリと感《かん》じる冷気《れいき》。パンダはもともと寒冷地《かんれいち》に生息《せいそく》する動物《どうぶつ》なので、室温《しつおん》は、年間《ねんかん》を通《とお》して20度《ど》前後《ぜんご》に設定《せってい》されています。タイル貼《ば》りの床《ゆか》は頻繁《ひんぱん》に消毒《しょうどく》や水洗《みずあら》いがされ、ごみひとつ落《お》ちていません。

青々《あおあお》とした竹《たけ》が積《つ》み上《あ》げられた横《よこ》を通《とお》り抜《ぬ》け、突《つ》き当《あ》たりの部屋《へや》に「彼女《かのじょ》」はいました。

メスのジャイアントパンダ、良浜《ラウヒン》です。

先《さき》ほど見《み》たお父《とう》さんパンダ・永明《エイメイ》の奥《おく》さんです。年齢《ねんれい》は16歳《さい》（取材当時《しゅざいとうじ》）、人間《にんげん》に換算《かんさん》すると、だいたい40代後半《だいこうはん》に相当《そうとう》するといいます。

永明《エイメイ》と比《くら》べると丸《まる》い顔《かお》をしています。飼育員《しいくいん》さんによると、パンダは丸《まる》みを帯《お》びた顔《かお》をしているほど〝モテる〟パンダなんだそう。だから、良浜《ラウヒン》は白浜一《しらはまいち》の〝美人《びじん》さん〟なのだとか……。

そんな良浜《ラウヒン》ですが、私《わたし》たちが出会《であ》ったとき、見《み》た目《め》には全《まった》く分《わ》かりませんでしたが、そのおなかの中《なか》に新《あたら》しい命《いのち》が宿《やど》っていました。

（ジロリ）

良浜《ラウヒン》と目《め》が合《あ》いました。

明《あき》らかに飼育員《しいくいん》とは違《ちが》う、「不審人物《ふしんじんぶつ》」の私《わたし》たちに、「あなたたちは誰《だれ》？」と言《い》わんばかりの警戒《けいかい》した視線《しせん》を向《む》けてきます。

「良浜《ラウヒン》！」

私《わたし》たちを案内《あんない》してくれた、飼育員《しいくいん》の遠藤倫子《えんどうともこ》さんが、となりなしてくれます。なじみの遠《えん》藤《どう》さんがそばにいることに気《き》づき、良浜《ラウヒン》の警戒心《けいかいしん》は少《すこ》し緩《ゆる》まり、視線《しせん》を床《ゆか》の上《うえ》に戻《もど》しました。歓迎《かんげい》はされていないかもしれませんが、拒絶《きょぜつ》はされずホッと一安心《ひとあんしん》。どうやら最初《さいしょ》の関門《かんもん》はクリアしたようでした。

今回《こんかい》の良浜《ラウヒン》の出産《しゅっさん》を支《ささ》える飼育《しいく》スタッフは15名《めい》。ふだん世話《せわ》するメンバーに加《くわ》え、中国《ちゅうごく》から来日《らいにち》した専門《せんもん》のスタッフ、それに獣医師《じゅういし》などもチームに加《くわ》わります。そのチームを支《ささ》える新《しん》リーダーに抜《ばっ》てきされたのが、遠藤《えんどう》さんです。

遠藤《えんどう》さんは小学生《しょうがくせい》のとき、東京《とうきょう》・上野動物園《うえのどうぶつえん》でパンダに出会《であ》ったことでパンダの飼育員《しいくいん》になりたいという夢《ゆめ》を持《も》つようになったといいます。その後《ご》、夢《ゆめ》を叶《かな》えるために獣医学部《じゅういがくぶ》に進学《しんがく》。努力《どりょく》を重《かさ》ね、日本《にほん》でもっともパンダがたくさんいる白浜《しらはま》に就職《しゅうしょく》しました。これまでも、パンダの出産《しゅっさん》に関《かか》わってきましたが、今回初《こんかいはじ》めて、リーダーとして現場《げんば》を仕切《しき》ります。

私《わたし》たちはまず、良浜《ラウヒン》の現状《げんじょう》を遠藤《えんどう》さんに教《おし》えてもらいました。

「食欲《しょくよく》が落《お》ちていて、エサの竹《たけ》もほとんど口《くち》にしませんね〜。これは出産前《しゅっさんまえ》に見《み》られる典《てん》型的《けいてき》な兆候《ちょうこう》です」

人間《にんげん》の妊婦《にんぷ》のように、超音波《ちょうおんぱ》でおなかを調《しら》べるわけにもいかず、妊娠《にんしん》しているかどうかは、おしっこに含《ふく》まれるホルモンの値《あたい》と、食欲《しょくよく》や行動《こうどう》を観察《かんさつ》するしか方法《ほうほう》がありません。実際《じっさい》には、妊娠《にんしん》していないけれど、妊娠《にんしん》しているときのような症状《しょうじょう》が現《あらわ》れる〝偽妊娠《ぎにんしん》〟の場合《ばあい》も時々《ときどき》あるそうです。

本当《ほんとう》に、無事《ぶじ》、赤《あか》ちゃんは生《う》まれるのか。私《わたし》たちは、良浜《ラウヒン》の部屋《へや》に固定《こてい》カメラを設置《せっち》。24時間《じかん》、交替《こうたい》で様子《ようす》を見守《みまも》ることにしました。

謎《なぞ》に包《つつ》まれたパンダの出産《しゅっさん》と子育《こそだ》て。

驚《おどろ》きと緊張《きんちょう》、そして気《き》の休《やす》まらない日々《ひび》の始《はじ》まりでした。

第《だい》1章《しょう》

小《ちい》さな命《いのち》をつなげ　世界《せかい》で挑《いど》むパンダの繁殖《はんしょく》

パンダに迫《せま》る絶滅《ぜつめつ》の危機《きき》

話《はなし》を始《はじ》める前《まえ》に、パンダについておさらいしておきましょう。パンダの正式《せいしき》な名前《なまえ》は、ジャイアントパンダといいます。名前《なまえ》に「パンダ」がつく動物《どうぶつ》というと、体《からだ》が小《ちい》さく、赤茶色《ちゃいろ》の毛《け》が特徴的《とくちょうてき》なレッサーパンダがいますが、分類上《ぶんるいじょう》は全《まった》く違《ちが》う動物《どうぶつ》です。

ジャイアントパンダは、お隣《となり》の国《くに》・中国《ちゅうごく》の山奥《やまおく》、標高《ひょうこう》1000メートルから3000メートルほどの高地《こうち》がふるさとで、クマの仲間《なかま》だとされています。白黒模様《しろくろもよう》の愛《あい》らしい動物《どうぶつ》という印象《いんしょう》ですが、口《くち》の中《なか》を覗《のぞ》くと鋭《するど》いキバが生《は》えています。草食《そうしょく》にしては腸《ちょう》も短《みじか》く（消《しょう》化《か》しにくい植物《しょくぶつ》を食《た》べる動物《どうぶつ》は、ふつう長《なが》い腸《ちょう》を持《も》つ）、周囲《しゅうい》の環境《かんきょう》に合《あ》わせて肉食《にくしょく》から草食《そうしょく》に変化《へんか》したとも考《かんが》えられています。しかも、植物《しょくぶつ》の中《なか》でも消化《しょうか》しづらい竹《たけ》が主食《しゅしょく》。ほとんど消化吸収《しょうかきゅうしゅう》ができず糞《ふん》として排泄《はいせつ》してしまうため、大量《たいりょう》に食《た》べる必要《ひつよう》があります。一日《いちにち》の大半《たいはん》を、口《くち》を動《うご》かしてせっせと食《た》べているのはそのためです。

ムシャムシャと竹《たけ》を食《た》べるパンダを動物園《どうぶつえん》で見《み》ると、何《なん》の悩《なや》みもなさそうですが、実《じつ》は種《しゅ》としてのパンダは深刻《しんこく》な状況《じょうきょう》にあります。世界《せかい》にわずか約《やく》2000頭《とう》、このままでは地球上《ちきゅうじょう》から姿《すがた》を消《け》してしまう、絶滅《ぜつめつ》のおそれがある動物《どうぶつ》です。それゆえ、野生動物《やせいどうぶつ》の保護《ほご》に取《と》り組《く》む国際団体《こくさいだんたい》、WWF《ダブリューダブリューエフ》（世界自然保護基金《せかいしぜんほごききん》）のシンボルマークにもなっています。

数《かず》が減《へ》った原因《げんいん》は諸説《しょせつ》ありますが、人《ひと》の手《て》による山林《さんりん》の開発《かいはつ》や地球温暖化《ちきゅうおんだんか》などの影響《えいきょう》で、エサになる竹《たけ》の豊富《ほうふ》な生息地《せいそくち》が激減《げきげん》してしまったことが原因《げんいん》のひとつとされています。さらに、パンダは繁殖《はんしょく》できる期間《きかん》が1年《ねん》にわずか3日《か》ほど。ほかの動物《どうぶつ》と比《くら》べると、そもそも繁殖《はんしょく》のチャンスが少《すく》ない動物《どうぶつ》です。生態《せいたい》はまだ謎《なぞ》に包《つつ》まれた部《ぶ》

世界自然保護基金《せかいしぜんほごききん》（WWF）のシンボルマーク。WWFは世界約《せかいやく》100カ国《こく》で環境保全《かんきょうほぜん》や野生生物保護活動《やせいせいぶつほごかつどう》に取《と》り組《く》んでいる。

分《ぶん》も多《おお》く、人工飼育《じんこうしいく》での繁殖《はんしょく》は困難《こんなん》を極《きわ》めます。

だからこそ、その難《むずか》しいパンダの繁殖《はんしょく》に何度《なんど》も成功《せいこう》し、たくさんのパンダを育《そだ》ててきたアドベンチャーワールドは、世界的《せかいてき》に見《み》ても注目《ちゅうもく》すべき施設《しせつ》のひとつになっています。

今回《こんかい》、私《わたし》たちは、パンダの出産育児《しゅっさんいくじ》に密着取材《みっちゃくしゅざい》することで、その成功《せいこう》の秘密《ひみつ》に迫《せま》ろうと考《かんが》えていました。

万全《ばんぜん》の態勢《たいせい》で出産《しゅっさん》に備《そな》える

出産《しゅっさん》を控《ひか》えた良浜《ラウヒン》は、仲間《なかま》と離《はな》れ、「産室《さんしつ》」という特別《とくべつ》な部屋《へや》で生活《せいかつ》していました。

そこは幅《はば》2・5メートル、奥行《おくゆ》き4・5メートルほどの小《ちい》さなスペース。大人《おとな》のにぎりこぶしが入《はい》るくらいの間隔《かんかく》で張《は》り巡《めぐ》らされた細《ほそ》い鉄《てつ》の柱《はしら》に囲《かこ》まれています。

飼育員《しいくいん》は、この間《あいだ》からエサの竹《たけ》を差《さ》し入《い》れます。パンダの好《この》みに応《おう》じて竹《たけ》を提供《ていきょう》できるよう、園内《えんない》にはさまざまな種類《しゅるい》の竹《たけ》が植《う》えられていますが、出産《しゅっさん》を控《ひか》えた良浜《ラウヒン》には特《とく》に最《さい》上級《じょうきゅう》のものが与《あた》えられていました。

取材《しゅざい》にあたって、私《わたし》たちはこの囲《かこ》いから1メートル以上離《いじょうはな》れるように注意《ちゅうい》を受《う》けました。エサを入《い》れる鉄《てつ》の柱《はしら》の隙間《すきま》からは、良浜《ラウヒン》が前足《まえあし》を外《そと》に伸《の》ばしてきます。近《ちか》づきすぎれば、私《わたし》たちを傷《きず》つけるおそれもあるのです。

クマの仲間《なかま》であるパンダは、愛《あい》らしい見《み》た目《め》に反《はん》して、そのキバやツメも鋭《するど》いものを持《も》っています。太《ふと》い竹《たけ》をいとも簡単《かんたん》に噛《か》み砕《くだ》くあごの力《ちから》を間近《まぢか》に見《み》ると、私《わたし》たちは、すぐそばまで近《ちか》づこうという気《き》にはとてもなれませんでした。子《こ》どものころに思《おも》い描《えが》いていたイメージとは異《こと》なるパンダの姿《すがた》を、私《わたし》たちはこのあと何回《なんかい》も目《め》にすることになります。

もうひとつ注意《ちゅうい》を受《う》けたのは、大《おお》きなマイクを持《も》ち込《こ》まないということ。テレビの撮影《さつえい》といえば「音声《おんせい》さん」がカメラに映《うつ》らないように突《つ》き出《だ》すマイク（フワフワの毛皮《けがわ》のような風防《ふうぼう》に包《つつ》まれた棒状《ぼうじょう》のもの）がおなじみですが、パンダは竹以外《たけいがい》の細《ほそ》い棒状《ぼうじょう》のものを怖《こわ》がる習性《しゅうせい》があるのだそうです。

そこで、どこまで音《おと》を拾《ひろ》うことができるか不安《ふあん》もありましたが、カメラに内蔵《ないぞう》されたマイクだけで撮影《さつえい》に挑《いど》むことになりました。

人間《にんげん》だって、妊娠中《にんしんちゅう》のお母《かあ》さんは気持《きも》ちが不安定《ふあんてい》になります。ですから、良浜《ラウヒン》にストレスを与《あた》えないことを最優先《さいゆうせん》に考《かんが》えました。

しかし、私《わたし》たちがいつも良浜《ラウヒン》のそばにいるのも、良浜《ラウヒン》のプレッシャーになりかねません。といって、いつ出産《しゅっさん》があるか分《わ》からないのに、遠《とお》くには行《い》きたくない。悩《なや》む私《わたし》たちを遠藤《えんどう》さんは、隣接《りんせつ》するスタッフの控《ひか》え室《しつ》に案内《あんない》してくれました。

広《ひろ》さは10畳《じょう》ほど、24時間待機《じかんたいき》できるよう仮眠《かみん》スペースもある「スタッフルーム」です。産室内《さんしつない》にある、2つの監視《かんし》カメラの映像《えいぞう》がモニターに映《うつ》り、飼育員《しいくいん》が交替《こうたい》で見守《みまも》り続《つづ》けていました。スタッフルームはパンダの飼育《しいく》で必要《ひつよう》なさまざまな道具《どうぐ》が置《お》いてあり、人《ひと》の出入《でい》りも多《おお》い場所《ばしょ》です。余分《よぶん》なスペースはなく、どこに立《た》っても邪魔《じゃま》になりそうでしたが、お言葉《ことば》に甘《あま》えて私《わたし》たちも交替《こうたい》で、この部屋《へや》で待機《たいき》することにしました。

このとき、モニターに映《うつ》る良浜《ラウヒン》はほとんど動《うご》いていませんでした。体調《たいちょう》が悪《わる》い状態《じょうたい》をじっと耐《た》えているようにも、さらに体調《たいちょう》が悪《わる》くなるのを不安《ふあん》に思《おも》っているようにも見《み》えました。おなかが痛《いた》いときに、動《うご》くとさらに痛《いた》くなる予感《よかん》がする、あの感覚《かんかく》です。

今《いま》、良浜《ラウヒン》はどういう状況《じょうきょう》なのか。

私《わたし》たちの疑問《ぎもん》に答《こた》える、うってつけの人《ひと》がそのとき現《あらわ》れました。熊川智子《くまかわともこ》さん。遠藤《えんどう》さんの前任《ぜんにん》のリーダーで、大《だい》ベテランの飼育員《しいくいん》です。

良浜《ラウヒン》はこれまでに4回出産《かいしゅっさん》していますが、熊川《くまかわ》さんは、そのすべてに立《た》ち会《あ》ってきました。良浜《ラウヒン》の信頼《しんらい》も厚《あつ》く、「戦友《せんゆう》」のような存在《そんざい》です。鳴《な》き声《ごえ》やちょっとしたしぐさから、良浜《ラウヒン》の気持《きも》ちや「してほしいこと」を読《よ》み取《と》らせたら、右《みぎ》に出《で》るものはいません。

「あの出産《しゅっさん》の痛《いた》みがまた来《く》るんだと感《かん》づいていて、それが嫌《いや》なんでしょうね。『痛《いた》いのやだ、もうやだ』って顔《かお》してますよ」

良浜《ラウヒン》に竹《たけ》を差《さ》し入《い》れる飼育員《しいくいん》の熊川《くまかわ》さん。

熊川《くまかわ》さんは、良浜《ラウヒン》の今《いま》の気持《きも》ちを私《わたし》たちに解説《かいせつ》してくれました。

これまでに7頭《とう》もの赤《あか》ちゃんを生《う》み、立派《りっぱ》に育《そだ》ててあげてきたベテランママ良浜《ラウヒン》といえど、出産《しゅっさん》に慣《な》れるということはないのかもしれません。

「頑張《がんば》れ！　ラウちゃん」

良浜《ラウヒン》に明《あか》るく声《こえ》をかける熊川《くまかわ》さんは、まるで「娘《むすめ》」の出産《しゅっさん》を見守《みまも》るお母《かあ》さんのようです。


出産《しゅっさん》の兆候《ちょうこう》がなければ、できることは限《かぎ》られています。新鮮《しんせん》な竹《たけ》を与《あた》え続《つづ》け（良浜《ラウヒン》が手《て》をつけなかった竹《たけ》は惜《お》しげもなく捨《す》て）、排泄物《はいせつぶつ》は小《こ》まめに掃除《そうじ》。そうした業務《ぎょうむ》の最中《さいちゅう》も、交替《こうたい》で必《かなら》ず誰《だれ》かがモニターで良浜《ラウヒン》を見守《みまも》り続《つづ》けます。「決定的瞬間《けっていてきしゅんかん》」を撮影《さつえい》しそびれたら一大事《いちだいじ》なので、私《わたし》たちはついつい、いつ生《う》まれるのかを何度《なんど》も聞《き》いてしまっていました。

「出産《しゅっさん》が間近《まぢか》に迫《せま》ったときのサインがまだ出《で》ていませんからね」と落《お》ち着《つ》いた様子《ようす》の新《しん》リーダー、遠藤《えんどう》さん。

遠藤《えんどう》さんによると、落《お》ち着《つ》きなくウロウロ歩《ある》くようになるのがひとつのサイン。そしてもうひとつ、決《き》め手《て》となる兆候《ちょうこう》があるといいます。

「独特《どくとく》の高《たか》い声《こえ》で鳴《な》くんです」

しかし、鳴《な》いたからといって、すぐ生《う》まれるものでもないらしいのが難《むずか》しいところです。

「すぐに生《う》まれるケースもありますが、陣痛《じんつう》が長引《ながび》くこともあるんです。痛《いた》みに耐《た》えかねて、柱《はしら》を噛《か》んだり引《ひ》っかいたり、本当《ほんとう》につらそうな顔《かお》を見《み》せることもあります」

遠藤《えんどう》さんの話《はな》してくれた予測《よそく》は、けっして個人的《こじんてき》な経験談《けいけんだん》に基《もと》づくものではありません。リーダーになってから、改《あらた》めて何度《なんど》も読《よ》み返《かえ》しているという、分厚《ぶあつ》いファイルを見《み》せてくれました。

表紙《ひょうし》には「行動記録《こうどうきろく》　良浜《ラウヒン》」という文字《もじ》。歴代《れきだい》の飼育員《しいくいん》が、出産《しゅっさん》のたびに24時間態勢《じかんたいせい》で見守《みまも》り、些細《ささい》なことも見逃《みのが》さずに記録《きろく》したものです。パンダの繁殖実績《はんしょくじっせき》が豊富《ほうふ》な、この園《えん》ならではの宝物《たからもの》ともいえます。もちろん、今回《こんかい》の良浜《ラウヒン》の様子《ようす》も記録《きろく》が続《つづ》けられていました。

開《ひら》くと、良浜《ラウヒン》がとった行動《こうどう》が具体的《ぐたいてき》に分刻《ふんきざ》みで記録《きろく》されています。座《すわ》っているのか、寝《ね》転《ころ》んでいるのか。寝《ね》ているときはあおむけなのか、うつぶせなのか。エサは何《なん》という種類《しゅるい》の竹《たけ》をどれぐらい食《た》べたのか。この記録《きろく》を読《よ》めば、そのときの良浜《ラウヒン》の様子《ようす》が目《め》に浮《う》かぶ、詳細《しょうさい》な記録《きろく》でした。

控《ひか》え室《しつ》のすみにある大《おお》きな棚《たな》に、こうしたファイルがびっしりと並《なら》んでいました。

「子《こ》どもが生《う》まれた時刻《じこく》からさかのぼって、その何分前《なんぷんまえ》・何時間前《なんじかんまえ》にどんな行動《こうどう》が見《み》られたのかも分《わ》かります。もちろん、毎回《まいかい》ばらつきはありますが、それらを頭《あたま》に入《い》れておけば、今《いま》、良浜《ラウヒン》がどんな状況《じょうきょう》にあるのかを把握《はあく》できるんです。観察記録《かんさつきろく》は、私《わたし》たちにとって一番大事《いちばんだいじ》な、参考書《さんこうしょ》のようなものですね」

観察記録《かんさつきろく》が綴《と》じられた膨大《ぼうだい》な数《かず》のファイルに圧倒《あっとう》される。

生態《せいたい》がまだまだ謎《なぞ》に包《つつ》まれているパンダ。しかし、白浜《しらはま》でパンダとともに歩《あゆ》んだ20年以上《ねんいじょう》の記録《きろく》は、出産《しゅっさん》をどうサポートすべきかを示《しめ》す羅針盤《らしんばん》（道《みち》しるべ）となっていました。

「先輩《せんぱい》たちが積《つ》み上《あ》げてきた、私《わたし》たちの財産《ざいさん》ですかね」

遠藤《えんどう》さんは控《ひか》えめな笑顔《えがお》を浮《う》かべ、少《すこ》し誇《ほこ》らしそうに言《い》いました。

出産《しゅっさん》のきざし　高《たか》まる緊張《きんちょう》

事態《じたい》が動《うご》いたのは、取材開始《しゅざいかいし》から4日目《かめ》。

この日《ひ》も、私《わたし》たちは産室《さんしつ》で遠藤《えんどう》さんとともに、良浜《ラウヒン》の様子《ようす》を見守《みまも》っていました。取材《しゅざい》を始《はじ》めたばかりのころと比《くら》べ、良浜《ラウヒン》はさらに落《お》ち着《つ》きをなくしているように見《み》えます。

ダラ〜ンとしていたかと思《おも》うと急《きゅう》に立《た》ち上《あ》がり、オリの中《なか》をウロウロすることも。時折《ときおり》、床《ゆか》にぺたんと座《すわ》り込《こ》んで宙《ちゅう》を眺《なが》めています。まぶたはだるそうに下《さ》がり、以前《いぜん》よりもつらそうにも見《み》えました。

良浜《ラウヒン》の動《うご》きがない時《とき》を見計《みはか》らって、遠藤《えんどう》さんに声《こえ》をかけてみました。

「つらそうな良浜《ラウヒン》を見守《みまも》り続《つづ》けるのも、つらくないですか？」

「早《はや》く痛《いた》みから解放《かいほう》してあげたいですけど、これぱっかりは……。良浜《ラウヒン》自身《じしん》が頑張《がんば》るしかないですもんね。私《わたし》たちはそれをそばで支《ささ》えることしかできないですから……」

大切《たいせつ》な人《ひと》が苦《くる》しんでいたら、周囲《しゅうい》の人《ひと》だってつらい。

この数日《すうじつ》の密着《みっちゃく》だけでも、私《わたし》たちは遠藤《えんどう》さんたちの、良浜《ラウヒン》への深《ふか》い愛情《あいじょう》を感《かん》じました。

「無事《ぶじ》に出産《しゅっさん》してくれれば、ちょっと安心《あんしん》できるのに」

遠藤《えんどう》さんが少《すこ》し疲《つか》れの見《み》える笑顔《えがお》を見《み》せて、良浜《ラウヒン》のそばに近寄《ちかよ》ろうとした、まさにそのとき……。


「ヒヒヒヒー！」


突然《とつぜん》、良浜《ラウヒン》の甲高《かんだか》い声《こえ》が、産室中《さんしつじゅう》に響《ひび》き渡《わた》ります。私《わたし》たちが一度《いちど》も聞《き》いたことのない声《こえ》でした。

「鳴《な》いた！　初《はじ》めて鳴《な》きました今《いま》」

出産《しゅっさん》が近《ちか》いことを示《しめ》す、例《れい》の〝声《こえ》〟です。遠藤《えんどう》さんが、すかさず良浜《ラウヒン》の様子《ようす》をのぞき込《こ》みます。

すると、背中《せなか》を丸《まる》めるように前屈《まえかが》みになった良浜《ラウヒン》が、おなかの下《した》のあたりをなめました。これも出産間際《しゅっさんまぎわ》の特徴的《とくちょうてき》な行動《こうどう》です。

「今《いま》、なめましたね」

遠藤《えんどう》さんは時計《とけい》を確認《かくにん》、良浜《ラウヒン》に目《め》を向《む》けたまま観察記録《かんさつきろく》にすばやく書《か》き込《こ》み、さらに目《め》立《だ》つようにマークをつけました。

「もういつ出産《しゅっさん》が始《はじ》まってもおかしくないです。早《はや》ければ今夜《こんや》にも動《うご》きがあるかもしれません」

良浜《ラウヒン》が再《ふたた》び落《お》ち着《つ》いたのを確《たし》かめると、遠藤《えんどう》さんは急《いそ》ぎ足《あし》で産室《さんしつ》をあとにしました。

その表情《ひょうじょう》は、今《いま》までで一番《いちばん》、引《ひ》き締《し》まったものに見《み》えました。

〝良浜《ラウヒン》の出産《しゅっさん》がまもなく！〟

その一報《いっぽう》は園内《えんない》を瞬《また》く間《ま》に駆《か》け巡《めぐ》りました。スタッフルームには続々《ぞくぞく》と人《ひと》が集《あつ》まってきます。そこには、ベテランの熊川《くまかわ》さんの姿《すがた》もありました。

「いよいよ今夜《こんや》かもしれないですね。いつ出産《しゅっさん》してもいいように準備《じゅんび》しましょう！」

待《ま》ちかまえていた飼育員《しいくいん》たちの動《うご》きがあわただしくなりました。

必要《ひつよう》な道具《どうぐ》や機材《きざい》を準備《じゅんび》しては、良浜《ラウヒン》のいる産室《さんしつ》へと運《はこ》び込《こ》みます。

赤《あか》ちゃんの体《からだ》に直接《ちょくせつ》ふれるタオルやガーゼなどは、すべて滅菌処理《めっきんしょり》を施《ほどこ》します。身体測《しんたいそく》定《てい》や健康《けんこう》チェックの際《さい》に、一時的《いちじてき》に赤《あか》ちゃんを入《い》れておく保育器《ほいくき》も同様《どうよう》です。

遠藤《えんどう》さんと熊川《くまかわ》さんが不思議《ふしぎ》な「工作《こうさく》」を始《はじ》めました。先端《せんたん》がアルファベットの「L《エル》」の字《じ》のように直角《ちょっかく》に曲《ま》がった鉄製《てっせい》の長《なが》い棒《ぼう》に、タオルをグルグルと巻《ま》きつけて、紐《ひも》でしっかりしばります。何《なん》に使《つか》うのか、見当《けんとう》もつかない道具《どうぐ》でした。

「これは、生《う》まれたばかりの赤《あか》ちゃんを引《ひ》き寄《よ》せるための道具《どうぐ》です。良浜《ラウヒン》が万《まん》が一《いち》、赤《あか》ちゃんを抱《だ》き上《あ》げず床《ゆか》に放置《ほうち》してしまったら、私《わたし》たちが助《たす》け出《だ》さなくてはなりません。オリの外《そと》から道具《どうぐ》を中《なか》に入《い》れて、先端《せんたん》の曲《ま》がった部分《ぶぶん》で赤《あか》ちゃんをこちらに引《ひ》き寄《よ》せるんです」と遠藤《えんどう》さんが教《おし》えてくれました。

タオルをグルグル巻《ま》きにしたのは、赤《あか》ちゃんに接《せっ》する部分《ぶぶん》。傷《きず》つけないように、柔《やわ》らかく引《ひ》っ掛《か》けるための心配《こころくば》りです。

通常《つうじょう》の出産《しゅっさん》では、お母《かあ》さんパンダは生《う》まれたわが子《こ》をすぐに抱《だ》き上《あ》げます。しかし、まれに放置《ほうち》してしまうこともあるのだそう。そうしたとき、外《そと》から飼育員《しいくいん》が赤《あか》ちゃんをすくい上《あ》げる、いわば「最終手段《さいしゅうしゅだん》」です。

「100%《パーセント》、この道具《どうぐ》を使《つか》うことがないとは言《い》い切《き》れません。パンダによっては、生《う》まれた赤《あか》ちゃんにまったく関心《かんしん》を示《しめ》さなかったり、誤《あやま》って赤《あか》ちゃんを踏《ふ》みつぶしてしまうこともあります。良浜《ラウヒン》はベテランママなので心配《しんぱい》はないと思《おも》いますが、万《まん》が一《いち》のことが起《お》きても、赤《あか》ちゃんの命《いのち》を守《まも》ることができるように準備《じゅんび》しています」

真剣《しんけん》な表情《ひょうじょう》で、熊川《くまかわ》さんが答《こた》えてくれました。

ここまで飼育員《しいくいん》たちがパンダの出産《しゅっさん》に慎重《しんちょう》を期《き》すのには、ワケがあります。それは、パンダの赤《あか》ちゃんは小《ちい》さすぎる状態《じょうたい》で生《う》まれるからです。

テレビや絵本《えほん》で見《み》る「赤《あか》ちゃんパンダ」は子犬《こいぬ》くらいのサイズはありますが、現実《げんじつ》のパンダは、人間《にんげん》の手《て》のひらに乗《の》るサイズで生《う》まれ落《お》ちます。その重《おも》さは、わずか100グラムから200グラム。大《おお》きさも重《おも》さも缶《かん》コーヒー1本分《ぽんぶん》ほどのサイズです。母親《ははおや》の500分《ぶん》の1しかありません。

熊川《くまかわ》さんが言《い》ったように、うっかり母親《ははおや》が大《おお》きな体《からだ》で押《お》しつぶし、命《いのち》を落《お》とすケースもけっして稀《まれ》ではないのです。母親《ははおや》が前足《まえあし》でしっかり抱《だ》くか、人間《にんげん》が保護《ほご》するか、ふたつにひとつ。床《ゆか》に放置《ほうち》しようものなら、一刻《いっこく》の猶予《ゆうよ》もなく救《すく》い出《だ》さなければなりません。失敗《しっぱい》が許《ゆる》されない、その瞬間《しゅんかん》に備《そな》えて、飼育員全員《しいくいんぜんいん》が黙々《もくもく》とそれぞれの準備《じゅんび》を進《すす》めていました。

一方《いっぽう》、良浜《ラウヒン》は相変《あいか》わらず産室《さんしつ》の中《なか》をウロウロと歩《ある》き回《まわ》っていました。出産前《しゅっさんまえ》の痛《いた》みはまだそれほど強《つよ》くないようです。時折《ときおり》、疲《つか》れたように床《ゆか》へ座《すわ》り込《こ》んでは、また歩《ある》き出《だ》すという動作《どうさ》を繰《く》り返《かえ》していました。

出産《しゅっさん》の前兆《ぜんちょう》となる声《こえ》を確認《かくにん》した今《いま》、いつ破水《はすい》が起《お》こってもおかしくはありません。

破水《はすい》とは、おなかの中《なか》で赤《あか》ちゃんを保護《ほご》している膜《まく》が破《やぶ》れ、赤《あか》ちゃんを浮《う》かべていた羊《よう》

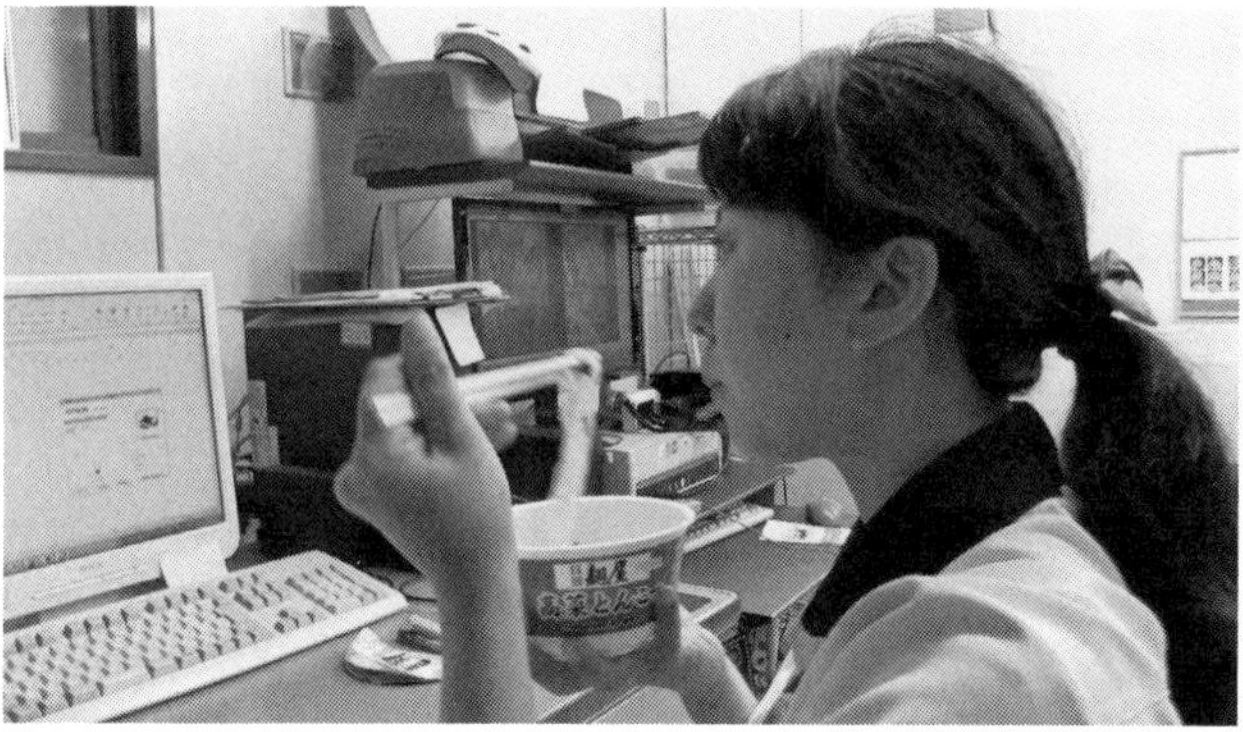

いつでもすぐに対応《たいおう》できるように、モニターを見《み》ながら食事《しょくじ》をする遠藤《えんどう》さん。

水《すい》が外《そと》に流《なが》れ出《で》てくること。まもなく赤《あか》ちゃんが生《う》まれるというサインです。

見守《みまも》りは、さらに厳重《げんじゅう》に、複数《ふくすう》の飼育員《しいくいん》が片時《かたとき》も目《め》を離《はな》さない態勢《たいせい》に変《か》わっていきました。

誕生《たんじょう》！ 待望《たいぼう》の赤《あか》ちゃん

鳴《な》き声《ごえ》を確認《かくにん》したのは午前《ごぜん》11時《じ》すぎ。しかし、気《き》がつくと、もうお昼《ひる》をすぎていました。

作業《さぎょう》が一段落《いちだんらく》した飼育員《しいくいん》たちから、束《つか》の間《ま》の休憩《きゅうけい》をとります。私《わたし》たちも、朝《あさ》からカメラを回《まわ》し続《つづ》け、ちょっと一休《ひとやす》み……と思《おも》ったそのとき、遠藤《えんどう》さんの姿《すがた》が視界《しかい》に飛《と》び込《こ》んできました。わずかな時間《じかん》で、カップ麺《めん》をすする遠藤《えんどう》さん、しかし、食事中《しょくじちゅう》もその目《め》は、モニターの中《なか》の良浜《ラウヒン》から離《はな》れていません。

「食事中《しょくじちゅう》でも、やはり気《き》になるものですか？」

そっと後《うし》ろからたずねると、

「そうですね。何《なに》か動《うご》きがあれば、すぐに対応《たいおう》しなきゃいけないですから」

チラリと私《わたし》たちのほうを見《み》てくれましたが、視線《しせん》はすぐにモニターに戻《もど》ります。初《はじ》めて出産《しゅっさん》を仕切《しき》る、遠藤《えんどう》さんの責任感《せきにんかん》と覚悟《かくご》がひしひしと伝《つた》わってきました。


息詰《いきづ》まる緊張感《きんちょうかん》に、取材《しゅざい》している私《わたし》たちが音《ね》を上《あ》げそうになったとき、ようやく事態《じたい》は動《うご》きました。あの声《こえ》を確認《かくにん》してから10時間《じかん》がたった夜《よる》の10時前《じまえ》。

「あ！　出《で》た！　破水《はすい》！」

その声《こえ》に、良浜《ラウヒン》の周《まわ》りに多《おお》くの飼育員《しいくいん》が駆《か》け寄《よ》ります。

良浜《ラウヒン》のおなかの下《した》あたりから、透明《とうめい》の液体《えきたい》が流《なが》れています。ついに羊水《ようすい》が外《そと》に出《で》てきたのです。

「もういつ生《う》まれてもおかしくない！」

遠藤《えんどう》さんは真剣《しんけん》な表情《ひょうじょう》で良浜《ラウヒン》を見《み》つめました。

パンダの場合《ばあい》、破水《はすい》してから出産《しゅっさん》までには数時間《すうじかん》かかる場合《ばあい》もあります。しかし、油断《ゆだん》はできません。何《なに》があっても対応《たいおう》できるよう、遠藤《えんどう》さんは次々《つぎつぎ》と指示《しじ》を出《だ》していきます。良浜《ラウヒン》の出産《しゅっさん》については、過去《かこ》の記録《きろく》を何度《なんど》も読《よ》み返《かえ》し、頭《あたま》の中《なか》にデータを叩《たた》き込《こ》んだそうです。遠藤《えんどう》さんは、頭《あたま》の中《なか》のデータをわずかな時間《じかん》で思《おも》い返《かえ》し、比較《ひかく》して今回《こんかい》どうすべきか、作戦《さくせん》を立《た》てていました。

破水《はすい》の連絡《れんらく》を受《う》けて、一度《いちど》夕食《ゆうしょく》などを食《た》べに休憩《きゅうけい》に出《で》ていた飼育員《しいくいん》たちも、続々《ぞくぞく》とスタッフルームに戻《もど》ってきました。長期戦《ちょうきせん》に備《そな》えて交替制《こうたいせい》をとってますが、出産《しゅっさん》の瞬間《しゅんかん》に立《た》ち会《あ》いたい気持《きも》ちは皆《みな》、同《おな》じです。

リーダーの遠藤《えんどう》さんは、良浜《ラウヒン》のすぐそばに寄《よ》り添《そ》っていました。ときどき時計《とけい》に目《め》をやりながら、良浜《ラウヒン》の様子《ようす》をじっと見《み》つめ、出産《しゅっさん》のときを待《ま》ち構《かま》えていました。

良浜《ラウヒン》は、どんどん落《お》ち着《つ》きをなくしていきました。ウロウロしたり、床《ゆか》にあおむけに寝転《ねころ》がってみたり、全《まった》く落《お》ち着《つ》きません。

産室《さんしつ》には、大勢《おおぜい》の人《ひと》が詰《つ》め掛《か》けていましたが、固唾《かたず》をのんで良浜《ラウヒン》を見守《みまも》っているため、静《しず》まり返《かえ》っていました。その沈黙《ちんもく》を破《やぶ》り、突如《とつじょ》、異様《いよう》な音《おと》が響《ひび》き渡《わた》ります。

「ガリッ、ガリッ」

良浜《ラウヒン》が鉄製《てっせい》の硬《かた》い窓枠《まどわく》をかじり始《はじ》めたのです。陣痛《じんつう》がつらいのか、ひたすら噛《か》み続《つづ》けています。鋭《するど》いキバが窓枠《まどわく》に食《く》い込《こ》んで、いくつものへこみができています。このままでは、良浜《ラウヒン》の歯《は》が折《お》れてしまう。止《と》めようとする飼育員《しいくいん》もいましたが、良浜《ラウヒン》はやめようとしません。

痛《いた》みにもだえる良浜《ラウヒン》を、飼育員《しいくいん》も私《わたし》たちも、ただ見守《みまも》ることしかできず、時折《ときおり》、良浜《ラウヒン》に励《はげ》ましの声《こえ》をかける遠藤《えんどう》さんたちの表情《ひょうじょう》もつらそうに見《み》えました。

破水《はすい》から2時間《じかん》。緊張感《きんちょうかん》はさらに高《たか》まっていきます。

「そろそろ生《う》まれてもいいはずなのに……」

いっこうに赤《あか》ちゃんが生《う》まれる気配《けはい》はありません。破水《はすい》のあと、あまりに時間《じかん》がたってしまうと、赤《あか》ちゃんが生《う》まれる前《まえ》に死《し》んでしまうおそれもあります。

産室《さんしつ》に詰《つ》め掛《か》けた人々《ひとびと》の表情《ひょうじょう》に、不安《ふあん》の影《かげ》が浮《う》かんだまま。ついに日付《ひづけ》が変《か》わってしまいました。

良浜《ラウヒン》は荒《あら》い呼吸《こきゅう》をして、何度《なんど》も鳴《な》き声《ごえ》を上《あ》げては、立《た》ち上《あ》がったり座《すわ》ったりを繰《く》り返《かえ》しています。良浜《ラウヒン》に十分《じゅうぶん》な体力《たいりょく》は残《のこ》されているのか。赤《あか》ちゃんはすでにおなかの中《なか》で死《し》んでしまっているのではないか……。

一度《いちど》考《かんが》え出《だ》すと、次々《つぎつぎ》と心配事《しんぱいごと》が押《お》し寄《よ》せてきます。いや、良浜《ラウヒン》は無事《ぶじ》に出産《しゅっさん》してくれるに違《ちが》いない。よくない妄想《もうそう》を頭《あたま》から追《お》い払《はら》い、祈《いの》り続《つづ》ける時間《じかん》が過《す》ぎていきます。

控《ひか》え室《しつ》に多《おお》くの人《ひと》が詰《つ》め掛《か》けていました。ベテラン飼育員《しいくいん》の熊川《くまかわ》さんもそこにいましたが、モニター前《まえ》の良浜《ラウヒン》の姿《すがた》がよく見《み》える席《せき》には若手《わかて》を座《すわ》らせていました。いつかまた、赤《あか》ちゃんが誕生《たんじょう》するとき、戸惑《とまど》わないように、若手《わかて》にこそしっかりこの光景《こうけい》を目《め》に焼《や》き付《つ》け

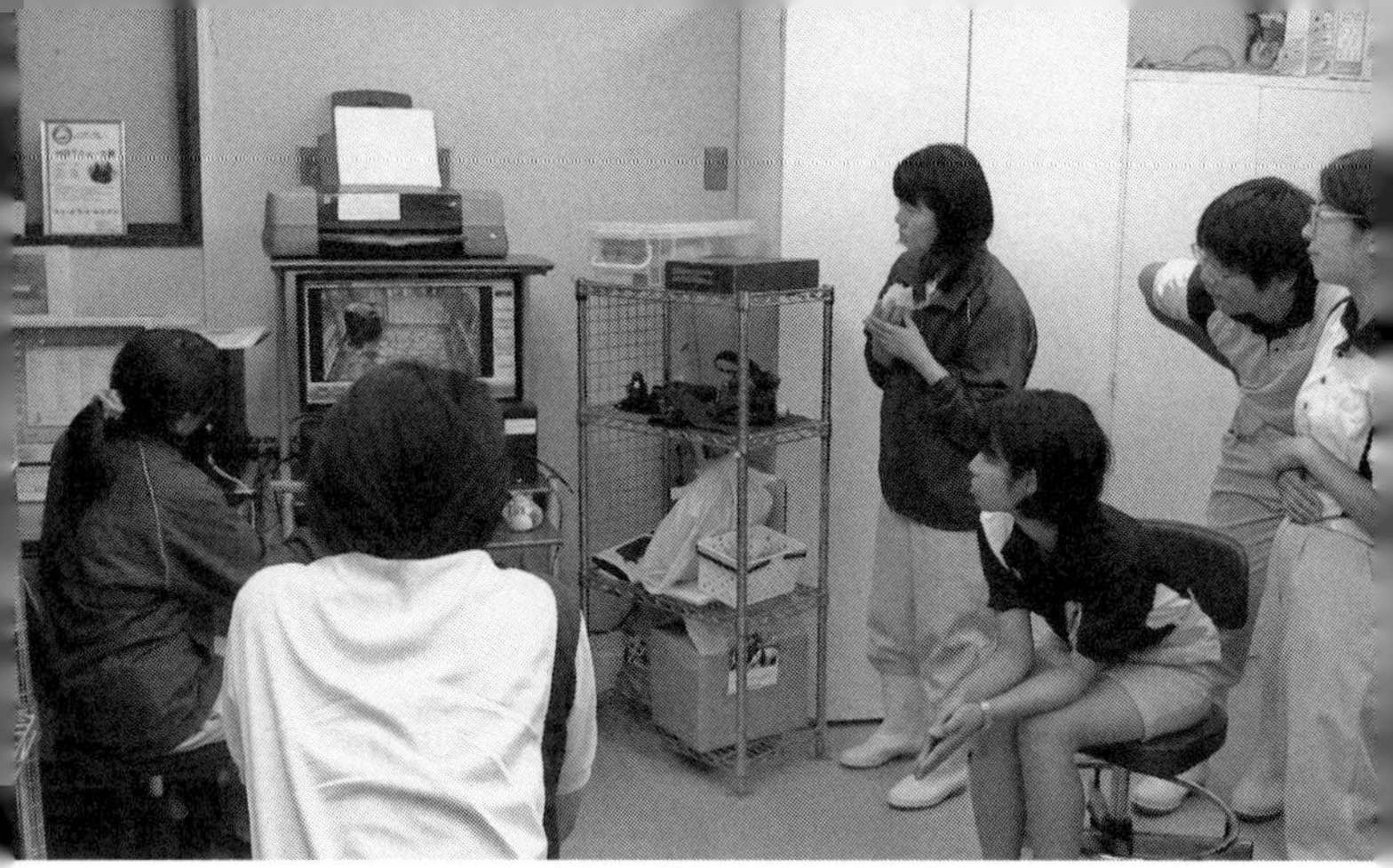

モニターをじっと見《み》つめ、良浜《ラウヒン》の様子《ようす》を見守《みまも》る飼育員《しいくいん》たち。

て欲《ほ》しいという思《おも》いからです。

遠巻《とおま》きにモニターを見《み》ながら、熊川《くまかわ》さんがつぶやきました。

「赤《あか》ちゃんはあんなに小《ちい》さいけど、やっぱりお産《さん》は簡単《かんたん》ではないよなあ」

良浜《ラウヒン》の苦《くる》しみように、熊川《くまかわ》さんの表情《ひょうじょう》も曇《くも》ってきました。

「体力的《たいりょくてき》にも、そろそろ生《う》んでほしいなぁ……」

そこからさらに1時間《じかん》。時計《とけい》の針《はり》は午前《ごぜん》1時《じ》を回《まわ》りました。

破水《はすい》から3時間近《じかんちか》くがたち、そろそろ限界《げんかい》では？ という思《おも》いが頭《あたま》をもたげ始《はじ》めていました。

「ウウウ……」

良浜《ラウヒン》が突然《とつぜん》、体勢《たいせい》を変《か》えて四《よ》つんばいになると、力強《ちからづよ》くいきみ始《はじ》めます。

あわせて、良浜《ラウヒン》のおなかに残《のこ》っていた羊水《ようすい》が、どっと流《なが》れ出《で》ました。

遠藤《えんどう》さん、熊川《くまかわ》さん、そして良浜《ラウヒン》を見守《みまも》っていたすべての人《ひと》たちが身構《みがま》えます。

良浜《ラウヒン》が、おなかのほうをのぞき込《こ》み、ブルッと体《からだ》をふるわせたその瞬間《しゅんかん》……。

「ンギャー!!!」

産室《さんしつ》に響《ひび》き渡《わた》るように、力《ちから》強《づよ》い、甲高《かんだか》い産声《うぶごえ》が上《あ》がりました。

あわててその姿《すがた》を探《さが》すと、床《ゆか》の上《うえ》に、それはそれは小《ちい》さなピンク色《いろ》の体《からだ》が見《み》えます。

(生《う》まれた……!)

しかしそれも一瞬《いっしゅん》のこと。赤《あか》ちゃんの声《こえ》を聞《き》いた良浜《ラウヒン》が、一瞬《いっしゅん》で体《からだ》の向《む》きを変《か》えると、小《ちい》さな赤《あか》ちゃんを口《くち》にくわえて、胸元《むなもと》に抱《だ》きかかえます。

赤《あか》ちゃんの姿《すがた》は、すぐに見《み》えなくなってしまいました。

それでも産室《さんしつ》には元気《げんき》な鳴《な》き声《ごえ》が響《ひび》き渡《わた》っています。みんなが待《ま》ちわびていたこの声《こえ》こそが、赤《あか》ちゃんの無事《ぶじ》を、何《なに》よりも雄弁《ゆうべん》に語《かた》っていました。

生《う》まれた赤《あか》ちゃんをすぐに胸元《むなもと》に抱《だ》きかかえる良浜《ラウヒン》。

産室《さんしつ》の中《なか》から、そして、モニターを見《み》つめるスタッフルームから、大《おお》きな歓声《かんせい》が上《あ》がります。

「お〜！」

「やった〜！」

良浜《ラウヒン》は、胸元《むなもと》にしっかりと抱《かか》え込《こ》んだ赤《あか》ちゃんの体《からだ》を、優《やさ》しくなめています。

体《からだ》についた羊水《ようすい》などを取《と》り除《のぞ》き、きれいにしているのです。

私《わたし》たちは、その姿《すがた》をとても美《うつく》しいと感《かん》じました。

待望《たいぼう》の元気《げんき》な赤《あか》ちゃんが生《う》まれた時刻《じこく》は、午前《ごぜん》1時《じ》11分《ぷん》。

絶滅《ぜつめつ》のおそれがあるパンダたちにもたらされた、新《あら》たな希望《きぼう》。

しかし、小《ちい》さくか弱《よわ》いパンダの赤《あか》ちゃんは、生後《せいご》間《ま》もなく命《いのち》を落《お》とすことが少《すく》なくありません。まだ、免疫力《めんえきりょく》が低《ひく》く、体温《たいおん》を維持《いじ》することさえ、簡単《かんたん》ではありません。

生《う》まれてから、体《からだ》の調子《ちょうし》が安定《あんてい》するまでの「魔《ま》の1週間《しゅうかん》」ともいうべき期間《きかん》をどう乗《の》り切《き》るのか。飼育《しいく》チームの新《あら》たな戦《たたか》いが始《はじ》まりました。

命《いのち》を守《まも》れ　魔《ま》の1週間《しゅうかん》始《はじ》まる

生《う》まれてすぐ確《たし》かめなくてはならないのは、赤《あか》ちゃんの体《からだ》に異常《いじょう》がないかです。場合《ばあい》によっては、すぐに治療《ちりょう》が必要《ひつよう》かもしれません。深夜《しんや》にもかかわらず、飼育員《しいくいん》に加《くわ》えて2名《めい》の獣医師《じゅういし》もスタンバイしていました。しかし、肝心《かんじん》の赤《あか》ちゃんは今《いま》、良浜《ラウヒン》の胸《むね》の奥《おく》に大事《だいじ》そうに抱《だ》かれています。お母《かあ》さんの腕《うで》に隠《かく》れて、その姿《すがた》はまったく見《み》ることができません。

いったいどうやって赤《あか》ちゃんの状態《じょうたい》を確《たし》かめるのだろうか……。

そう思《おも》っていると、飼育員《しいくいん》のひとりが、部屋《へや》のすみに置《お》かれていた大《おお》きなボトルを手《て》に取《と》りました。そこに入《はい》っていたのは、黄金色《こがねいろ》をした蜂蜜《はちみつ》。

実《じつ》はこの蜂蜜《はちみつ》、パンダにとって特別《とくべつ》な食《た》べ物《もの》なんだそうです。

飼育員《しいくいん》は慣《な》れた様子《ようす》で、ボトルのキャップを開《ひら》くと、用意《ようい》した底《そこ》の深《ふか》い金属《きんぞく》の皿《さら》に、小《ちい》さな円《えん》を描《えが》くように蜂蜜《はちみつ》をゆっくりとたらしていきます。そして、良浜《ラウヒン》のもとに近《ちか》づき、柵《さく》の隙間《すきま》から皿《さら》を入《い》れ、良浜《ラウヒン》の顔《かお》の前《まえ》に差《さ》し出《だ》しました。

すると、良浜《ラウヒン》は、皿《さら》に塗《ぬ》られた蜂蜜《はちみつ》を見《み》て、夢中《むちゅう》でなめ始《はじ》めました。お皿《さら》で視界《しかい》がさえぎられ、赤《あか》ちゃんへの注意《ちゅうい》が弱《よわ》まります。強《つよ》く抱《だ》いていた前足《まえあし》の力《ちから》が少《すこ》しだけ緩《ゆる》み、ピンク色《いろ》の赤《あか》ちゃんの体《からだ》が見《み》えました。

その瞬間《しゅんかん》を、飼育員《しいくいん》は見逃《みのが》しません。すばやく、優《やさ》しく赤《あか》ちゃんを取《と》り上《あ》げました。母親《ははおや》から引《ひ》き離《はな》されたことを感《かん》じ取《と》った赤《あか》ちゃんは、産室全体《さんしつぜんたい》に響《ひび》き渡《わた》る大《おお》きな鳴《な》き声《ごえ》を上《あ》げました。

しかし、それでも、良浜《ラウヒン》は蜂蜜《はちみつ》から顔《かお》を上《あ》げません。長時間《ちょうじかん》のお産《さん》に疲《つか》れた体《からだ》にエネルギーを補給《ほきゅう》したいのかもしれません。蜂蜜《はちみつ》によって、あれほど大事《だいじ》に抱《かか》えていた赤《あか》ちゃんを少《すこ》しの間《あいだ》とはいえ忘《わす》れてしまったようです。

パンダにとって、甘《あま》くて栄養価《えいようか》の高《たか》い蜂蜜《はちみつ》は、ほかには代《か》えがたいほどの魅力《みりょく》、いや魔《ま》力《りょく》を秘《ひ》めた食《た》べ物《もの》なのです。

母親《ははおや》の手《て》を離《はな》れた赤《あか》ちゃんは、産室《さんしつ》の中《なか》に運《はこ》び込《こ》まれていた保育器《ほいくき》の中《なか》へ。こうして赤《あか》ちゃんの体温《たいおん》を保《たも》ったうえで、待機《たいき》していた獣医師《じゅういし》が赤《あか》ちゃんをすぐに診察《しんさつ》します。流《なが》れが止《と》まることのない、見事《みごと》な連携《れんけい》プレーです。

遠藤《えんどう》さんはそのすぐ脇《わき》で、獣医師《じゅういし》の診察《しんさつ》の様子《ようす》をじっと見守《みまも》っていました。目《め》や鼻《はな》、口《くち》、耳《みみ》、前足《まえあし》、後《うし》ろ足《あし》、しっぽ、おなか、背中《せなか》……。赤《あか》ちゃんの体《からだ》のすみずみまで、注意深《ちゅういぶか》く観察《かんさつ》します。

幸《さいわ》い、とくに異常《いじょう》は見《み》られないようです。

周《まわ》りで見守《みまも》る飼育員《しいくいん》たちが胸《むね》をなでおろします。

獣医師《じゅういし》から、赤《あか》ちゃんの性別《せいべつ》がメスであることが発表《はっぴょう》されました。

「女《おんな》の子《こ》かぁ〜！」

緊張《きんちょう》でこわばっていた遠藤《えんどう》さんの顔《かお》が、心《こころ》なしかほころんだように見《み》えました。

続《つづ》いて、身体測定《しんたいそくてい》。

赤《あか》ちゃんの頭《あたま》からしっぽの先《さき》までを、メジャーではかります。

体長《たいちょう》は24センチ。一般的《いっぱんてき》な赤《あか》ちゃんに比《くら》べ、かなり大《おお》きめです。

次《つぎ》に体重《たいじゅう》をはかります。体重計《たいじゅうけい》に数字《すうじ》が表示《ひょうじ》されると、その場《ば》から驚《おどろ》きの声《こえ》が上《あ》がりました。

「197グラム！」

「大《おお》きいなぁ！」

「今《いま》までで一番大《いちばんおお》きいんじゃない？」

なんと、白浜《しらはま》で生《う》まれたパンダの中《なか》では、最《もっと》も大《おお》きな赤《あか》ちゃんだったのです。

とはいっても、初《はじ》めて見《み》る私《わたし》たちにとっては驚《おどろ》くほど小《ちい》さい赤《あか》ちゃんです。頭《あたま》では分《わ》かっていても、どうしてもクマのような大《おお》きさの親《おや》の姿《すがた》とは結《むす》びつきませんでした。

しかも、生《う》まれたばかりのパンダにはパンダ模様《もよう》がありません。産毛《うぶげ》は生《は》えていますが、ピンク色《いろ》の肌《はだ》がむき出《だ》しになっているのです。大《おお》きな声《こえ》を上《あ》げている口《くち》は、中《なか》にある舌《した》までしっかりと確認《かくにん》できますが、目《め》はまだ開《ひら》いていないようです。

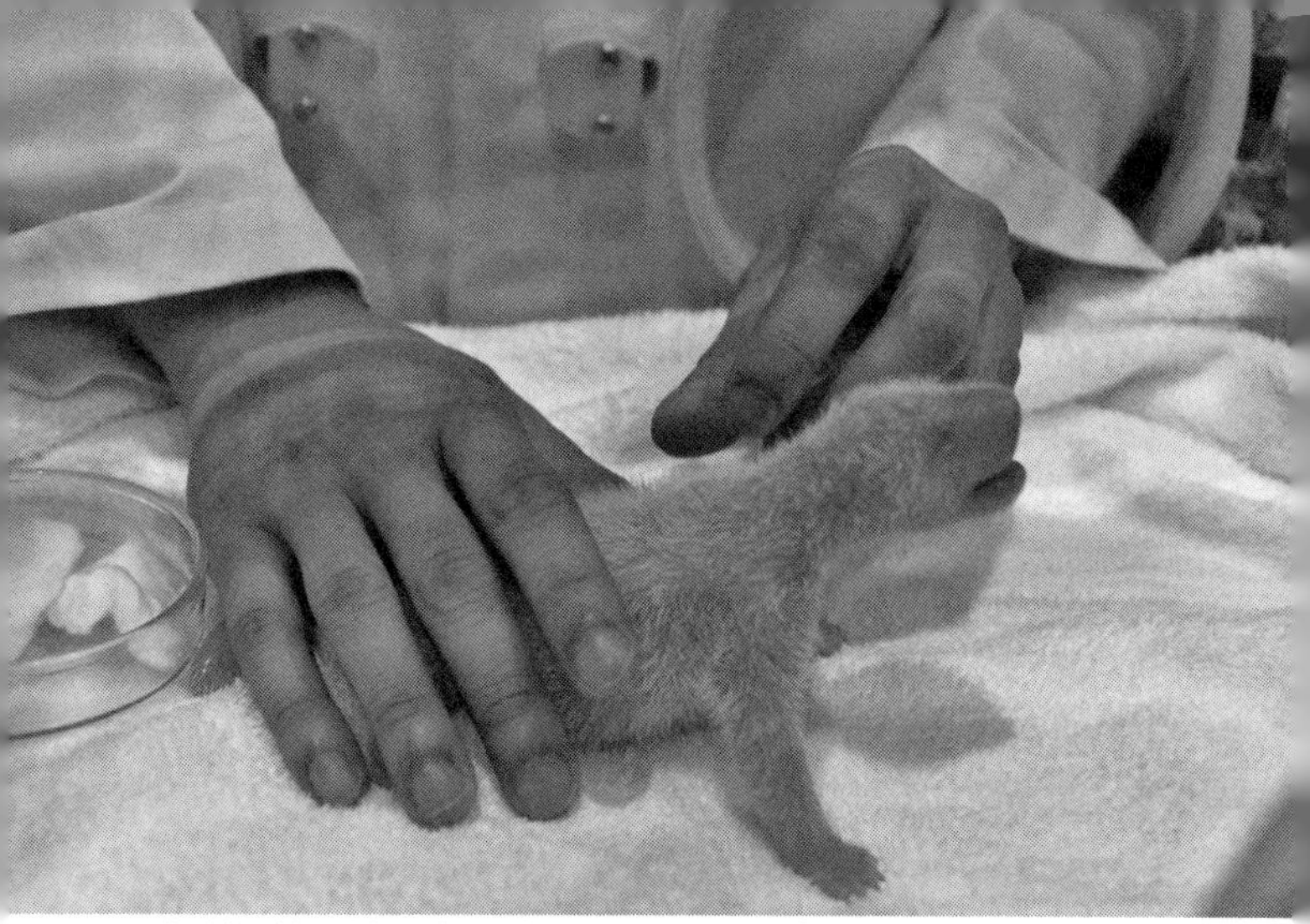

保育器《ほいくき》の中《なか》で診察《しんさつ》を受《う》ける赤《あか》ちゃん。診察中《しんさつちゅう》も元気《げんき》な声《こえ》で鳴《な》き続《つづ》けていた。

生《う》まれたあと、徐々《じょじょ》にまぶたや眼球《がんきゅう》ができていくのだといいます。生《う》まれてすぐに立《た》ち上《あ》がるウマなどと比《くら》べて、人間《にんげん》は未熟児《みじゅくじ》の状態《じょうたい》で生《う》まれるといわれていますが、パンダはそれよりもさらに未熟《みじゅく》な状態《じょうたい》、まだ器官《きかん》が完成《かんせい》しきらないうちに生《う》まれるということなのでしょうか。

小《ちい》さいながらも前後《ぜんご》の足《あし》の様子《ようす》はしっかりと確認《かくにん》できます。1センチあるかないかの足《あし》をよく見《み》ると、ひとつひとつの指《ゆび》にちゃんと小《ちい》さなツメが生《は》えていました。

頼《たよ》りなく、はかない印象《いんしょう》の赤《あか》ちゃんですが、命《いのち》を支《ささ》えるためのプレゼントも贈《おく》られていました。

それは実《じつ》は、〝しっぽ〟。

体《からだ》の割《わり》には長《なが》くて太《ふと》く、表面《ひょうめん》は光沢《こうたく》があるこのしっぽの中《なか》には、たっぷりと水分《すいぶん》が含《ふく》まれています。最初《さいしょ》に母乳《ぼにゅう》を飲《の》むまでの少《すこ》しだけの間《あいだ》、赤《あか》ちゃんの命《いのち》を支《ささ》えてくれます。パンダは、しっぽに「お弁当《べんとう》」を携《たずさ》えて生《う》まれてくるのです。

飼育員《しいくいん》も、獣医師《じゅういし》もみんなが、赤《あか》ちゃんに関心《かんしん》を寄《よ》せる中《なか》、夢中《むちゅう》で蜂蜜《はちみつ》をなめる良浜《ラウヒン》に声《こえ》をかける人《ひと》がいました。ベテラン飼育員《しいくいん》の熊川《くまかわ》さんです。

「ラウちゃんお疲《つか》れさま。出産大変《しゅっさんたいへん》やったなー。みんな生《う》まれた赤《あか》ちゃんばっかりに注目《ちゅうもく》して。私《わたし》の世話《せわ》をしてくれないと赤《あか》ちゃん育《そだ》ててやんないわよって、言《い》いたいよねーラウちゃん」

やはり熊川《くまかわ》さんは、良浜《ラウヒン》の気持《きも》ちが分《わ》かるようです。

蜂蜜《はちみつ》を夢中《むちゅう》になめていた良浜《ラウヒン》。時間《じかん》にして、ほんの数分《すうふん》のことでしたが、我《われ》に返《かえ》った良《ラウ》浜《ヒン》は赤《あか》ちゃんがいないことに気《き》づき、様子《ようす》を一変《いっぺん》させました。

立《た》ち上《あ》がり、鳴《な》き続《つづ》けながら、体《からだ》を左右《さゆう》に大《おお》きく揺《ゆ》らし始《はじ》めます。

まるで「赤《あか》ちゃんがいない!! 私《わたし》の赤《あか》ちゃんを返《かえ》して!!」と訴《うった》えるかのように。


こうなることを予測《よそく》し、赤《あか》ちゃんへの処置《しょち》や計量《けいりょう》は手際《てぎわ》よく進《すす》められていたので、良浜《ラウヒン》を待《ま》たせることはほとんどありませんでした。

遠藤《えんどう》さんが良浜《ラウヒン》に近寄《ちかよ》り、好物《こうぶつ》のリンゴを差《さ》し出《だ》して良浜《ラウヒン》の気《き》を引《ひ》きます。再《ふたた》び生《う》まれた一瞬《いっしゅん》の隙《すき》をついて、別《べつ》の飼育員《しいくいん》が赤《あか》ちゃんを良浜《ラウヒン》の近《ちか》くの床《ゆか》にすばやく置《お》きました。


とたんに大《おお》きな声《こえ》で鳴《な》く赤《あか》ちゃん。戻《もど》ってきたことに気《き》づいた良浜《ラウヒン》は、興奮状態《こうふんじょうたい》が一瞬《いっしゅん》で消《き》え、赤《あか》ちゃんのもとに近《ちか》づきます。そして、優《やさ》しく赤《あか》ちゃんの体《からだ》をくわえると、床《ゆか》の上《うえ》にどっかりと座《すわ》り直《なお》して、再《ふたた》び胸元《むなもと》で大事《だいじ》そうに赤《あか》ちゃんを抱《だ》き始《はじ》めました。

体《からだ》が小《ちい》さく、肌《はだ》がむき出《だ》しの赤《あか》ちゃんはすぐに体温《たいおん》が下《さ》がってしまうので、母親《ははおや》が抱《だ》き続《つづ》けていなければならないことを、誰《だれ》に教《おそ》わるでもなく良浜《ラウヒン》は知《し》っている様子《ようす》でした。

大声《おおごえ》で鳴《な》いていた赤《あか》ちゃんも、世界《せかい》で最《もっと》も安全《あんぜん》な場所《ばしょ》、お母《かあ》さんのもとに戻《もど》ったとたん、ぴたりと鳴《な》き止《や》みました。

母子《おやこ》の様子《ようす》に、遠藤《えんどう》さんたちも胸《むね》をなでおろします。出産《しゅっさん》の疲《つか》れもあってか、赤《あか》ちゃんを抱《かか》えたまま、くるんと体《からだ》を丸《まる》めて良浜《ラウヒン》は眠《ねむ》りにつきます。ずっと張《は》り詰《つ》めていた状態《じょうたい》から解放《かいほう》され、ようやく遠藤《えんどう》さんもほっと一息《ひといき》。長《なが》い長《なが》い一日《いちにち》でした。

「安心《あんしん》した、という気持《きも》ちと、うれしいという気持《きも》ち、ちょうど半々《はんはん》あります。喜《よろこ》びもこれまでより大《おお》きいですね。良浜《ラウヒン》に『頑張《がんば》ったね』って言《い》ってあげたい」

リーダーとして、初《はじ》めて迎《むか》えた赤《あか》ちゃんの誕生《たんじょう》。疲《つか》れ切《き》っているはずの遠藤《えんどう》さんの顔《かお》は、達成感《たっせいかん》に満《み》ちあふれていました。

生《い》きるか死《し》ぬかの瀬戸際《せとぎわ》　授乳大作戦《じゅにゅうだいさくせん》

午前《ごぜん》2時《じ》、母子《おやこ》の様子《ようす》が安定《あんてい》していることを確認《かくにん》し、多《おお》くの飼育員《しいくいん》は帰宅《きたく》しました。

もちろん、全員《ぜんいん》が帰《かえ》るわけではなく、泊《と》まり勤務《きんむ》の飼育員《しいくいん》もいます。この日《ひ》の泊《と》まり勤《きん》務《む》には、ベテラン・熊川《くまかわ》さんがいました。

「ラウちゃん、ビスケット食《た》べる？　嫌《いや》なの？　ひょっとして、リンゴがいいの？　あーん。ほら、おいしい？」

時折《ときおり》目《め》を覚《さ》ます良浜《ラウヒン》に、優《やさ》しく声《こえ》をかける熊川《くまかわ》さん。まるで良浜《ラウヒン》と会話《かいわ》しているようです。

「子育《こそだ》てで大切《たいせつ》なのはね、お母《かあ》さんなの。私《わたし》たちが赤《あか》ちゃんを守《まも》ったり、育《そだ》てたりするんじゃない。良浜《ラウヒン》に頑張《がんば》ってもらわなきゃいけないからね」

子育《こそだ》ての主役《しゅやく》は、あくまでも母親《ははおや》である良浜《ラウヒン》。人間《にんげん》は、足《た》りない部分《ぶぶん》をサポートする。良浜《ラウヒン》が生《う》まれたときからこれまで16年《ねん》にわたって良浜《ラウヒン》に付《つ》き合《あ》ってきた熊川《くまかわ》さんは、そうした役割《やくわり》を熟知《じゅくち》しているのです。

良浜《ラウヒン》と飼育《しいく》チームによる二人三脚《ににんさんきゃく》の子育《こそだ》てが本格的《ほんかくてき》に始《はじ》まりました。

その晩《ばん》、生《う》まれたばかりの赤《あか》ちゃんの世話《せわ》に良浜《ラウヒン》は苦労《くろう》していました。とにかく、大《おお》きさに差《さ》がありすぎます。小《ちい》さな小《ちい》さな赤《あか》ちゃんを、けっして器用《きよう》そうには見《み》えない太《ふと》い前足《まえあし》で大事《だいじ》に抱《だ》きかかえる。出産《しゅっさん》からの疲《つか》れからうとうとすることもありますが、けっして熟睡《じゅくすい》はしていないように見《み》えました。

その様子《ようす》を熊川《くまかわ》さんは注意深《ちゅういぶか》く見守《みまも》り、良浜《ラウヒン》の気分《きぶん》を読《よ》んでエサの竹《たけ》を差《さ》し出《だ》します。食欲《しょくよく》はすぐには戻《もど》らず、少《すこ》し口《くち》にしてすぐに投《な》げ出《だ》すこともありましたが、時間《じかん》をおいてまた差《さ》し出《だ》す。見《み》ている私《わたし》たちのほうが気疲《きづか》れしてきますが、熊川《くまかわ》さんは豪快《ごうかい》に笑《わら》い飛《と》ばしました。

「私《わたし》たちの役割《やくわり》は、良浜《ラウヒン》が子育《こそだ》てしやすいようにいい環境《かんきょう》を作《つく》ってあげること。簡単《かんたん》に言《い》うと、ママを助《たす》けるおばあちゃんみたいな存在《そんざい》です。私《わたし》みたいな口《くち》うるさいおばあちゃん、良浜《ラウヒン》は嫌《いや》かもしれないですけどね、あははは」

そんな言葉《ことば》を交《か》わしながら、出産《しゅっさん》から3時間《じかん》がたったとき、熊川《くまかわ》さんの顔色《かおいろ》が曇《くも》り始《はじ》めました。

赤《あか》ちゃんが、まだ母乳《ぼにゅう》を飲《の》めていなかったのです。

いつも母親《ははおや》にくっついている赤《あか》ちゃんパンダ、外《そと》から見《み》ているだけでは母乳《ぼにゅう》を飲《の》んだかどうかはまったく分《わ》かりません。しかし、体重《たいじゅう》をはかれば一目瞭然《いちもくりょうぜん》。飲《の》めば飲《の》んだだけ増《ふ》えるはずですが、まったく重《おも》さが変《か》わっていなかったのです。

赤《あか》ちゃんには、水分《すいぶん》の多少《たしょう》の「貯《たくわ》え」があります。しかし、小《ちい》さな体《からだ》には似合《にあ》わぬ大声《おおごえ》で鳴《な》き続《つづ》けるのにもエネルギーを要《よう》します。栄養《えいよう》をとらなければ、衰弱《すいじゃく》していくだけです。さらにもうひとつ、母乳《ぼにゅう》には重要《じゅうよう》な意味《いみ》があります。人間《にんげん》もそうですが、母乳《ぼにゅう》には赤《あか》ちゃんの免疫《めんえき》を高《たか》める成分《せいぶん》が含《ふく》まれているのです。母親《ははおや》の羊水《ようすい》に守《まも》られていた赤《あか》ちゃんが、雑多《ざった》な菌《きん》やウィルスが繁殖《はんしょく》する世界《せかい》で身《み》を守《まも》るために必要不可欠《ひつようふかけつ》な「よろい」のようなものです。

一刻《いっこく》も早《はや》く飲《の》んでほしいと、熊川《くまかわ》さんたちはやきもきするものの、待《ま》っても待《ま》っても飲《の》む気配《けはい》がありません。

スタッフのひとりが、良浜《ラウヒン》の胸元《むなもと》に手《て》を入《い》れました。乳首《ちくび》のところまで誘導《ゆうどう》しようというのです。しかし、うまくいきません。良浜《ラウヒン》も、疲《つか》れからなのか、あまり積極的《せっきょくてき》に授乳《じゅにゅう》しようとはしません。生《う》まれてから6時間《じかん》がたち、飼育員《しいくいん》たちの間《あいだ》に緊迫感《きんぱくかん》が高《たか》まってきました。

実《じつ》は、こうしたときのための「最終手段《さいしゅうしゅだん》」がスタッフルームに用意《ようい》されていました。液《えき》

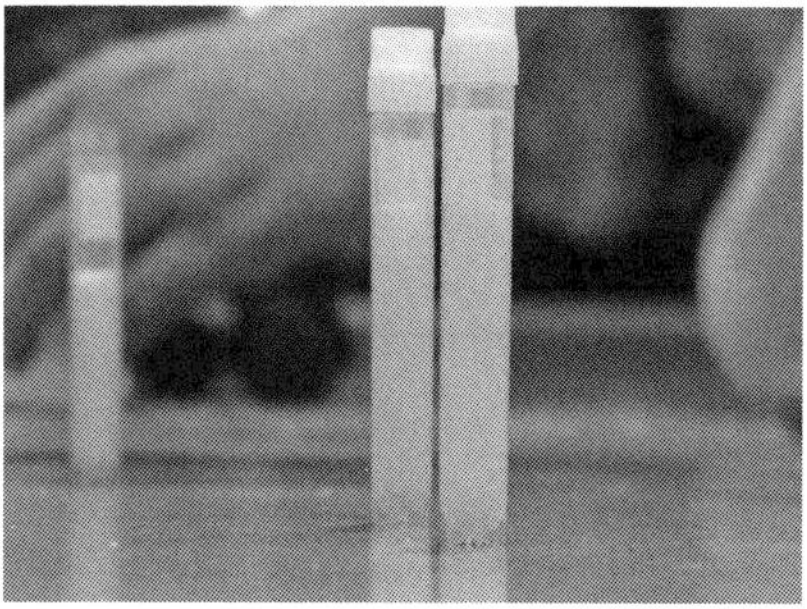

凍結保存《とうけつほぞん》されていた良浜《ラウヒン》の母乳《ぼにゅう》。うすい緑色《みどりいろ》をしている。

体室素《たいちっそ》の中《なか》で凍結《とうけつ》された緑色《みどりいろ》の液体《えきたい》。試験管《しけんかん》のような容器《ようき》に入《はい》っています。それは、2年《ねん》前《まえ》、良浜《ラウヒン》が出産《しゅっさん》したときに採取《さいしゅ》した母乳《ぼにゅう》でした。竹《たけ》を食《た》べているため、緑色《みどりいろ》をしているのです。万《まん》が一《いち》、出産時《しゅっさんじ》のトラブルで母親《ははおや》が命《いのち》を落《お》としてしまったり、赤《あか》ちゃんに関心《かんしん》を示《しめ》さずに「育児放棄《いくじほうき》」をしてしまったりなど、今回《こんかい》のように授乳《じゅにゅう》が行《おこな》われないときに使《つか》う「非常用《ひじょうよう》」です。人工《じんこう》のミルクとは違《ちが》って、これなら免疫《めんえき》を作《つく》る成分《せいぶん》も含《ふく》まれています。

この話《はなし》を聞《き》いたとき、私《わたし》たちは「そこまで備《そな》えているのか！」と驚《おどろ》きました。しかし、これはあくまでも「最終手段《さいしゅうしゅだん》」なのです。

たとえ、母乳《ぼにゅう》を与《あた》えないからといって、簡単《かんたん》に赤《あか》ちゃんを母親《ははおや》から引《ひ》き離《はな》して哺乳瓶《ほにゅうびん》からミルクを与《あた》えてしまうと、母親《ははおや》としての「自覚《じかく》」が生《う》まれず、かえってその後《ご》の育児放《いくじほう》棄《き》につながってしまうリスクがあるといいます。

(母親《ははおや》と子《こ》どもとを引《ひ》き離《はな》してはいけない理由《りゆう》はもうひとつありますが、このときの私《わたし》たちはまだ、そのことに気《き》がついていませんでした)

母子関係《おやこかんけい》か、赤《あか》ちゃんの栄養《えいよう》か。究極《きゅうきょく》の選択《せんたく》です。

私《わたし》たちもやきもきする中《なか》、ひとり落《お》ち着《つ》いていたのが熊川《くまかわ》さんでした。哺乳瓶《ほにゅうびん》による授乳《じゅにゅう》をしたほうがいいのでは……と提案《ていあん》する飼育員《しいくいん》もいましたが、熊川《くまかわ》さんは良浜《ラウヒン》が授乳《じゅにゅう》するまで待《ま》つことを強《つよ》く主張《しゅちょう》しました。

その表情《ひょうじょう》には、これまで4回《かい》の子育《こそだ》てを成功《せいこう》させてきた良浜《ラウヒン》への強《つよ》い信頼《しんらい》がうかがえました。


結局《けっきょく》、一夜明《いちやあ》けても授乳《じゅにゅう》は確認《かくにん》できませんでした。

夜通《よどお》し見守《みまも》っていた熊川《くまかわ》さんも、一度《いちど》、産室《さんしつ》から引《ひ》き上《あ》げることに。

「あとは遠藤《えんどう》さんに任《まか》せます。撮影《さつえい》の皆《みな》さんも大変《たいへん》ですね。うふふ。私《わたし》は寝《ね》ます、おやすみなさい」


赤《あか》ちゃんパンダはどうなってしまうのか。

気《き》が気《き》ではない私《わたし》たちをよそに、熊川《くまかわ》さんは笑顔《えがお》を見《み》せて帰《かえ》っていきました。

近付《ちかづ》く限界《げんかい》、良浜《ラウヒン》が見《み》せた変化《へんか》

午前《ごぜん》9時《じ》。

赤《あか》ちゃんの誕生《たんじょう》が、私《わたし》たち以外《いがい》の報道機関《ほうどうきかん》にも発表《はっぴょう》されました。テレビ局《きょく》や新聞社《しんぶんしゃ》の担《たん》当者《とうしゃ》が、続々《ぞくぞく》とアドベンチャーワールドにやってきます。園内《えんない》には、生《う》まれたばかりの赤《あか》ちゃんの写真《しゃしん》も貼《は》り出《だ》されました。

記念《きねん》すべき日《ひ》に来場《らいじょう》した家族連《かぞくづ》れからもお祝《いわ》いの声《こえ》が。

気《き》が早《はや》い人《ひと》は、赤《あか》ちゃんの名前《なまえ》を予想《よそう》していました。

「何《なに》〝浜《ヒン》〟かなあ？」

白浜《しらはま》のパンダ通《つう》なお客《きゃく》さんからはそんな声《こえ》も。

これまで白浜《しらはま》で生《う》まれたパンダはすべて、白浜《しらはま》の「浜《はま》」の一字《いちじ》をもらって命名《めいめい》されています。赤《あか》ちゃんの母親《ははおや》の良浜《ラウヒン》も、もちろん白浜生《しらはまう》まれです。

（お父《とう》さんパンダ、「永明《エイメイ》」は中国生《ちゅうごくう》まれなので「浜《はま》」がつかないんですけどね）

2000年《ねん》、アドベンチャーワールドで
初《はじ》めて生《う》まれた良浜《ラウヒン》、
2001年《ねん》に生《う》まれた雄浜《ユウヒン》、
2003年《ねん》、日本《にほん》生《う》まれの初《はじ》めての双子《ふたご》、
隆浜《リュウヒン》と秋浜《シュウヒン》、
2005年《ねん》に生《う》まれた幸浜《コウヒン》、
2006年《ねん》に生《う》まれた愛浜《アイヒン》、明浜《メイヒン》、
2008年《ねん》、良浜《ラウヒン》が初《はじ》めて生《う》んだ双子《ふたご》、
梅浜《メイヒン》、永浜《エイヒン》、
2010年《ねん》に生《う》まれた、海浜《カイヒン》、陽浜《ヨウヒン》、
2012年《ねん》に生《う》まれた、優浜《ユウヒン》、
2014年《ねん》に生《う》まれた、メスの双子《ふたご》、桜《オウ》浜《ヒン》、桃浜《トウヒン》。

"浜《ヒン》"がつく白浜《しらはま》パンダの子《こ》どもたち

永明《エイメイ》と梅梅《メイメイ》の子《こ》ども

隆浜《リュウヒン》(オス)　秋浜《シュウヒン》(オス)
2003年《ねん》9月《がつ》8日《か》生《う》まれ
2007年《ねん》10月《がつ》に中国《ちゅうごく》へ

雄浜《ユウヒン》(オス)
2001年《ねん》12月《がつ》17日《にち》生《う》まれ
2004年《ねん》6月《がつ》に中国《ちゅうごく》へ

愛浜《アイヒン》(メス)　明浜《メイヒン》(オス)
2006年《ねん》12月《がつ》23日《にち》生《う》まれ
2012年《ねん》12月《がつ》に中国《ちゅうごく》へ

幸浜《コウヒン》(オス)
2005年《ねん》8月《がつ》23日《にち》生《う》まれ
2010年《ねん》3月《がつ》に中国《ちゅうごく》へ

赤《あか》ちゃんが、どんな名前《なまえ》になるのか？　来場《らいじょう》したお客《きゃく》さんだけでなく、飼育員《しいくいん》の中《なか》でも話題《わだい》になっていました。

そんな園《えん》のお祝《いわ》いムードとはうらはらに、バックヤードの緊張《きんちょう》は続《つづ》いていました。赤《あか》ちゃんの体力《たいりょく》を考《かんが》えると、そろそろ限界《げんかい》が近《ちか》づいていたのです。

生《う》まれてから12時間《じかん》がたとうとしていたお昼過《ひるす》ぎ、良浜《ラウヒン》が急《きゅう》に赤《あか》ちゃんを胸《むね》に抱《だ》き寄《よ》せるしぐさを始《はじ》めました。

「良浜《ラウヒン》頑張《がんば》れ！　赤《あか》ちゃんに母乳《ぼにゅう》あげて」

永明《エイメイ》と良浜《ラウヒン》の子《こ》ども

海浜《カイヒン》(オス)　**陽浜《ヨウヒン》**(メス)
2010年《ねん》8月《がつ》11日生《にちう》まれ
2017年《ねん》6月《がつ》に中国《ちゅうごく》へ

梅浜《メイヒン》(メス)　**永浜《エイヒン》**(オス)
2008年《ねん》9月《がつ》13日生《にちう》まれ
2013年《ねん》2月《がつ》に中国《ちゅうごく》へ

赤《あか》ちゃん(メス)
2016年《ねん》9月《がつ》18日生《にちう》まれ
のち結浜《ユイヒン》と名付《なづ》けられた。

桜浜《オウヒン》(メス)　**桃浜《トウヒン》**(メス)
2014年《ねん》12月《がつ》2日生《かう》まれ

優浜《ユウヒン》(メス)
2012年《ねん》8月《がつ》10日生《かう》まれ
2017年《ねん》6月《がつ》に中国《ちゅうごく》へ

思《おも》わず、周囲《しゅうい》から声援《せいえん》が飛《と》びます。

固唾《かたず》をのんで見守《みまも》っていると、

「ゴクッ、ゴクッ」


一定《いってい》の間隔《かんかく》を置《お》いて、赤《あか》ちゃんが母乳《ぼにゅう》を飲《の》んでいる音《おと》が聞《き》こえてきました。

「飲《の》んでる、飲《の》んでる！」

遠藤《えんどう》さんは笑顔《えがお》で私《わたし》たちに手《て》でOK《オーケー》のサインを作《つく》ります。

ようやく、最初《さいしょ》の授乳《じゅにゅう》が終《お》わりました。


そして、授乳《じゅにゅう》の3時間後《じかんご》には、赤《あか》ちゃんのウンチが確認《かくにん》されました。

黄色《きいろ》のウンチです。赤《あか》ちゃんが母乳《ぼにゅう》をしっかり飲《の》めたという証《あかし》なのだそう。


母乳《ぼにゅう》を飲《の》むことと、ウンチを出《だ》すこと。

食事《しょくじ》と排泄《はいせつ》、生《い》きていくために必要《ひつよう》な、ふたつが無事成功《ぶじせいこう》しました。

良浜《ラウヒン》も、せっせと赤《あか》ちゃんの世話《せわ》を焼《や》き、「育児放棄《いくじほうき》」の心配《しんぱい》もなさそうです。


その夜《よる》、熊川《くまかわ》さんがスタッフルームにやってきました。

「遠藤《えんどう》さん、授乳《じゅにゅう》できたん？」

その日《ひ》の朝《あさ》、泊《と》まり勤務《きんむ》を終《お》えてにこやかに帰《かえ》っていった熊川《くまかわ》さんも、本当《ほんとう》は心配《しんぱい》していたのでしょう、遠藤《えんどう》さんを見《み》つけると真《ま》っ先《さき》に聞《き》きました。

「(午後《ごご》) 3時《じ》ごろ飲《の》んでいました。順調《じゅんちょう》に飲《の》めていますよ！」

熊川《くまかわ》さんからも笑《え》みがこぼれました。


しかし、「魔《ま》の1週間《しゅうかん》」はまだ始《はじ》まったばかり。

良浜《ラウヒン》にとっても、赤《あか》ちゃんにとっても、そして飼育員《しいくいん》にとっても大変《たいへん》な試練《しれん》が、このあとも次々《つぎつぎ》とやってくることになるのです。

第《だい》2章《しょう》

トラブル続出《ぞくしゅつ》！ 波瀾万丈《はらんばんじょう》の子育《こそだ》て

台風襲来《たいふうしゅうらい》！ 産室《さんしつ》の〝嵐《あらし》〟

緊張《きんちょう》と喜《よろこ》びが入《い》り交《ま》じった出産《しゅっさん》から、3日目《かめ》。

この日《ひ》、パンダたちが暮《く》らす白浜《しらはま》に、台風《たいふう》16号《ごう》が接近《せっきん》していました。

もともと和歌山《わかやま》は、台風《たいふう》の通《とお》り道《みち》になることが多《おお》い場所《ばしょ》。今回《こんかい》も暴風《ぼうふう》と大雨《おおあめ》のおそれがありました。

（被害《ひがい》が出《で》なければいいなぁ……）

そんなことを考《かんが》えながら、いつもどおり私《わたし》たちは良浜《ラウヒン》母子《おやこ》のいる産室《さんしつ》へと向《む》かいました。

室内《しつない》はとても静《しず》かです。聞《き》こえてくる音《おと》といえば、天井《てんじょう》のすみにある大《おお》きなエアコンが、温度調節《おんどちょうせつ》のために空気《くうき》を吐《は》き出《だ》し続《つづ》けている音《おと》ぐらいのもの。

いくら建物《たてもの》の中《なか》とはいえ、ここまで静《しず》かなのには理由《りゆう》があります。実《じつ》はパンダは、音《おと》にとても敏感《びんかん》な動物《どうぶつ》。大《おお》きな金属音《きんぞくおん》や聞《き》き慣《な》れない音《おと》がすると、耳《みみ》をピンと立《た》てて音《おと》のほうに神経《しんけい》を向《む》けます。大好《だいす》きな竹《たけ》を食《た》べているときも、ピタっと食《た》べるのをやめてしまうため、食《しょく》が細《ほそ》くなってしまうこともあります。

妊娠《にんしん》、育児中《いくじちゅう》は特《とく》に気《き》を遣《つか》う必要《ひつよう》があります。このため、産室《さんしつ》などの部屋《へや》には、外《そと》の音《おと》が中《なか》に届《とど》かないよう、厳重《げんじゅう》な防音対策《ぼうおんたいさく》が施《ほどこ》されています。動物公園《どうぶつこうえん》の営業時間中《えいぎょうじかんちゅう》はBGM《ビージーエム》や、場内《じょうない》アナウンスが園内《えんない》を流《なが》れますが、産室《さんしつ》の中《なか》にはまったく聞《き》こえてこないようになっています。

建物《たてもの》の間《あいだ》を吹《ふ》き抜《ぬ》ける風《かぜ》の音《おと》。

大《おお》きく揺《ゆ》らされた木々《きぎ》の葉《は》が、激《はげ》しくこすれあう音《おと》。

そして、大粒《おおつぶ》の雨《あめ》が、屋根《やね》や地面《じめん》に打《う》ちつける音《おと》。

次第《しだい》に強《つよ》まる雨《あめ》と風《かぜ》から、母《はは》と子《こ》のための空間《くうかん》は守《まも》られていました。

良浜《ラウヒン》は赤《あか》ちゃんを胸元《むなもと》に抱《だ》きかかえたまま、器用《きよう》に体《からだ》を丸《まる》めて眠《ねむ》っています。

母親《ははおや》の胸《むね》にいる赤《あか》ちゃんも、安心《あんしん》しきっている様子《ようす》がうかがえます。動《うご》かないところを見《み》ると、赤《あか》ちゃんも眠《ねむ》っているみたいです。

「嵐《あらし》の前《まえ》の静《しず》けさ」ならぬ、「嵐《あらし》の中《なか》の静《しず》けさ」。

しかし、嵐《あらし》は静《しず》かな産室《さんしつ》にも忍《しの》び寄《よ》っていたのです。


良浜《ラウヒン》のそばにいた、ベテラン飼育員《しいくいん》、熊川《くまかわ》さんがふと顔《かお》を上《あ》げます。

かすかな音《おと》を聞《き》き取《と》ろうとしているようでした。

「あの、窓《まど》ガラスを覆《おお》っている板《いた》が風《かぜ》で揺《ゆ》れて、音《おと》を立《た》てるんです。分《わ》かります？　あの音《おと》を良浜《ラウヒン》が気《き》にしないかなぁと思《おも》って……」

時折《ときおり》、コンコンとかすかに聞《き》こえるガラスを叩《たた》くような小《ちい》さな音《おと》。産室《さんしつ》に入《はい》る扉《とびら》のちょうど反対側《はんたいがわ》、部屋《へや》の奥側《おくがわ》の壁《かべ》は、実《じつ》はガラス張《ば》りになっています。赤《あか》ちゃんがある程度大《ていどおお》きくなったときに、訪《おとず》れた人《ひと》たちに母子《おやこ》の仲《なか》むつまじい様子《ようす》を見《み》てもらうためです。今《いま》はまだ、良浜《ラウヒン》を刺激《しげき》することがないよう、ガラス一面《いちめん》に板《いた》が取《と》りつけられていて、中《なか》が見《み》えないようになっていました。その板《いた》が風《かぜ》に揺《ゆ》れて、小《ちい》さな音《おと》を立《た》てているというのです。言《い》われて初《はじ》めて気《き》がつく程度《ていど》の本当《ほんとう》に小《ちい》さな音《おと》。こんな小《ちい》さな音《おと》まで気《き》にするのかと、私《わたし》たちは驚《おどろ》きました。

最初《さいしょ》の母乳《ぼにゅう》の一件《いっけん》では、良浜《ラウヒン》を信《しん》じて、どっしりかまえていた熊川《くまかわ》さんでしたが、この日《ひ》は「過保護《かほご》では？」と思《おも》うほど、心配《しんぱい》した様子《ようす》を見《み》せていました。

これまで何度《なんど》も良浜《ラウヒン》の子育《こそだ》てにつきあってきた経験《けいけん》から、赤《あか》ちゃんを生《う》んだばかりの良《ラウ》浜《ヒン》が、音《おと》に神経質《しんけいしつ》になるのを知《し》っていたからなのでしょう。

熊川《くまかわ》さんは、とにかく先《さき》を先《さき》を見据《みす》えて早《はや》めに動《うご》きます。

「うまくいくか分《わ》からないけど、やれることをやりましょう」

産室《さんしつ》を出《で》ると、どこからともなく木《き》の棒《ぼう》を見《み》つけてきました。板《いた》の隙間《すきま》に棒《ぼう》を差《さ》し込《こ》み、風《かぜ》に揺《ゆ》れていた板《いた》の振動《しんどう》をピタリと止《と》めました。即席《そくせき》の防音工事《ぼうおんこうじ》です。

「これでよし！」

満足気《まんぞくげ》な熊川《くまかわ》さん。

「熊川《くまかわ》さんって、ほんとになんでもできるんですね……」

あっけにとられた私《わたし》たちが、思《おも》わずもらした声《こえ》に、

「飼育員《しいくいん》はみんなそうですよ！　とんかち持《も》って大工《だいく》さんみたいなこともしますし、エサの竹《たけ》を取《と》りに、ノコギリなんか持《も》って竹《たけ》やぶをかき分《わ》けて行《い》きますし。パンダたちのお世《せ》話《わ》をする、何《なん》でも屋《や》さんです！　ハッハッハ〜！」

くったくのないその笑顔《えがお》に、パンダたちを思《おも》う愛情《あいじょう》がにじみ出《で》ていました。

もともと厚《あつ》い壁《かべ》に囲《かこ》まれた産室《さんしつ》。熊川《くまかわ》さんの「工事《こうじ》」で鬼《おに》に金棒《かなぼう》、もはやなんの心配《しんぱい》もないと思《おも》われました。ところが、トラブルは突然《とつぜん》に訪《おとず》れたのです。

「バチッ」

急《きゅう》に、産室《さんしつ》の照明《しょうめい》が消《き》えました。停電《ていでん》です。

薄暗《うすぐら》くなった産室《さんしつ》。でも、幸《さいわ》いにも良浜《ラウヒン》には動揺《どうよう》する気配《けはい》がありません。

すぐに照明《しょうめい》が戻《もど》りほっとしたのも束《つか》の間《ま》、その場《ば》にいた遠藤《えんどう》さんと熊川《くまかわ》さんが、産室内《さんしつない》の異変《いへん》に気《き》がつきました。

「雨《あめ》があふれてます！　雨水《あまみず》が逆流《ぎゃくりゅう》してる!!」

あわてて声《こえ》のするほうを見《み》ると、産室《さんしつ》の奥側《おくがわ》の床《ゆか》に水《みず》がたまっています。しかも、少《すこ》しずつ水《みず》の量《りょう》が増《ふ》えていました。

放《ほう》っておけば、母子《おやこ》のところまで水浸《みずびた》しになる！

雨《あめ》で流《なが》された木《こ》の葉《は》や枝《えだ》が排水溝《はいすいこう》を詰《つ》まらせてしまい、行《い》き場《ば》を失《うしな》った大量《たいりょう》の雨水《あまみず》が産《さん》室《しっ》の中《なか》に流《なが》れ込《こ》もうとしていました。

雑菌《ざっきん》が含《ふく》まれた水《みず》をかぶってしまえば、まだ小《ちい》さな赤《あか》ちゃんパンダが感染症《かんせんしょう》を引《ひ》き起《お》こす可能性《かのうせい》があります。産室内《さんしつない》は日夜《にちや》厳重《げんじゅう》な衛生管理《えいせいかんり》を行《おこな》っていますが、雨水《あまみず》が流《なが》れ込《こ》んでは元《もと》も子《こ》もありません。

平穏《へいおん》そのものだった産室《さんしつ》が、一転《いってん》、大騒《おおさわ》ぎになりました。

とにかく、赤《あか》ちゃんを安全《あんぜん》な場所《ばしょ》に移《うつ》さなければなりません。しかし、衛生管理《えいせいかんり》が必要《ひつよう》な赤《あか》ちゃんパンダがいられる場所《ばしょ》は産室《さんしつ》の母親《ははおや》のもとか、産室《さんしつ》の隅《すみ》に設《もう》けられた保育器《ほいくき》か、ふたつにひとつ。確実《かくじつ》に赤《あか》ちゃんを守《まも》るためには、母親《ははおや》と引《ひ》き離《はな》して保育器《ほいくき》に「保護《ほご》」することが必要《ひつよう》です。

しかし、1日《にち》4回《かい》ある獣医師《じゅういし》の診察《しんさつ》や体重計測《たいじゅうけいそく》を行《おこな》う健康《けんこう》チェックで、10分程度《ぷんていど》引《ひ》き離《はな》すだけでも怒《いか》りの声《こえ》を上《あ》げる良浜《ラウヒン》。逆流《ぎゃくりゅう》した水《みず》を洗《あら》い流《なが》し、消毒《しょうどく》するまで赤《あか》ちゃんと離《はな》れていておとなしくしてくれるのか……？　みんながその不安《ふあん》を抱《かか》えながらも、流《なが》れ込《こ》んだ雨水《あまみず》を無視《むし》するわけにはいきません。少《すこ》しでも短《みじか》い時間《じかん》ですむよう、集《あつ》められるだけスタッフをかき集《あつ》めて、大急《おおいそ》ぎで作業《さぎょう》を進《すす》めることにしました。

まずは、産室《さんしつ》から良浜《ラウヒン》にいったん立《た》ち退《の》いてもらう必要《ひつよう》があります。

パンダは体重《たいじゅう》100キロ前後《ぜんご》でクマの仲間《なかま》。いくら日頃《ひごろ》飼育《しいく》しているスタッフでも襲《おそ》われる可能性《かのうせい》があるため、一緒《いっしょ》のスペースには入《はい》ることができないのです。

産室《さんしつ》の隣《となり》にある別《べつ》の部屋《へや》に良浜《ラウヒン》を誘導《ゆうどう》するため、蜂蜜《はちみつ》とリンゴで気《き》を引《ひ》いて良浜《ラウヒン》と赤《あか》ちゃんを一時《いちじ》、引《ひ》き離《はな》しました。赤《あか》ちゃんは保育器《ほいくき》に移《うつ》し、良浜《ラウヒン》が産室《さんしつ》から立《た》ち退《の》いた直後《ちょくご》、飼育員《しいくいん》たちが一斉《いっせい》に中《なか》に入《はい》り、排水《はいすい》に全力《ぜんりょく》を尽《つ》くします。

その後《ご》、雨水《あまみず》にぬれた床《ゆか》や壁《かべ》のすみずみに消毒液《しょうどくえき》を吹《ふ》きつけると、その場《ば》にいた全員《ぜんいん》が、タオルを使《つか》って拭《ふ》き掃除《そうじ》。一糸乱《いっしみだ》れぬ連携《れんけい》プレーが繰《く》り広《ひろ》げられました。

しかし、いくら人数《にんずう》がいても数分《すうふん》で終《お》わる作業《さぎょう》ではありません。

蜂蜜《はちみつ》やリンゴでごまかされていた良浜《ラウヒン》は、赤《あか》ちゃんがいないことに気《き》が付《つ》くと、パニックを起《お》こしました。体《からだ》を大《おお》きく左右《さゆう》に揺《ゆ》らしながら大声《おおごえ》で鳴《な》き続《つづ》けます。

こうなるともう誰《だれ》にも止《と》められません。興奮《こうふん》しすぎて口《くち》からは泡《あわ》を吹《ふ》いています。

母親《ははおや》のストレスによる体調《たいちょう》の悪化《あっか》も心配《しんぱい》ですが、もっと深刻《しんこく》なのは母子関係《おやこかんけい》への影響《えいきょう》です。赤《あか》ちゃんがいない状況《じょうきょう》が長《なが》い時間続《じかんつづ》くと、最悪《さいあく》の場合《ばあい》、母親《ははおや》のもとに赤《あか》ちゃんを戻《もど》しても見向《みむ》きもせず、育《そだ》てるのを放棄《ほうき》。さらに、わが子《こ》に噛《か》み付《つ》き、大《おお》けがをさせてしまうこともあるのです。

赤《あか》ちゃんの命《いのち》に関《かか》わる事態《じたい》は、なんとしても避《さ》けなければならない。飼育員《しいくいん》たちは、少《すこ》しでも早《はや》く良浜《ラウヒン》と赤《あか》ちゃんを一緒《いっしょ》にさせようと、必死《ひっし》に作業《さぎょう》を進《すす》めていました。

一刻《いっこく》も早《はや》く、良浜《ラウヒン》のもとに赤《あか》ちゃんを返《かえ》さなければ……。

母子《おやこ》を引《ひ》き離《はな》してから20分《ぷん》が過《す》ぎたころ、良浜《ラウヒン》を見守《みまも》っていた飼育員《しいくいん》の声《こえ》が響《ひび》きました。

「限度《げんど》です！　お母《かあ》さん限度《げんど》です！」

幸《さいわ》いにも、それとほぼ同時《どうじ》に産室内《さんしつない》の消毒作業《しょうどくさぎょう》が終《お》わりました。すぐに扉《とびら》を開《あ》けて、興奮《こうふん》した良浜《ラウヒン》を産室《さんしつ》の中《なか》へと誘導《ゆうどう》します。

あわせて、飼育員《しいくいん》の1人《り》が保育器《ほいくき》から赤《あか》ちゃんを取《と》り出《だ》し、タイミングを見計《みはか》らって良《ラウ》浜《ヒン》のもとに戻《もど》そうとします。興奮《こうふん》しているだけに、赤《あか》ちゃんや飼育員《しいくいん》に噛《か》み付《つ》いてくるおそれもあります。パンダはツメもキバも鋭《するど》く、用心《ようじん》が必要《ひつよう》です。

慎重《しんちょう》にタイミングを見極《みきわ》め、良浜《ラウヒン》の視線《しせん》がわずかに脇《わき》にそれた瞬間《しゅんかん》に、赤《あか》ちゃんがオリの中《なか》に戻《もど》されました。

赤《あか》ちゃんが手元《てもと》に戻《もど》ると良浜《ラウヒン》は、まるで今《いま》までのパニックがうそだったかのように落《お》ち着《つ》きを取《と》り戻《もど》しました。優《やさ》しく口《くち》にくわえて、赤《あか》ちゃんを胸元《むなもと》に抱《だ》き直《なお》します。

そして、抱《だ》きかかえたまま背中《せなか》を丸《まる》めて横《よこ》になりました。

母《はは》と子《こ》の関係《かんけい》に、ひびは入《はい》らなかったようです。撮影《さつえい》しながら、私《わたし》たちは心《こころ》の底《そこ》からほっとしました。


その場《ば》にいた飼育員全員《しいくいんぜんいん》からも、安堵《あんど》の息《いき》がもれます。

「ラウちゃんが、こんなにも興奮《こうふん》するとは思《おも》わなかった……」

熊川《くまかわ》さんはぽつりとそう言《い》うと、良浜《ラウヒン》のそばに近《ちか》づき、なだめるように言《い》いました。

「ごめんね、ラウちゃん……」

産室《さんしつ》の嵐《あらし》が過《す》ぎ去《さ》って間《ま》もなく、台風《たいふう》も白浜《しらはま》から去《さ》っていきました。


その日《ひ》の夜《よる》。

大事《だいじ》そうに赤《あか》ちゃんを抱《かか》えた良浜《ラウヒン》が、赤《あか》ちゃんの体《からだ》をゆっくりとなめ始《はじ》めました。

心《こころ》なしか目《め》を細《ほそ》めて、それはそれは愛《いと》おしそうに。

遠藤《えんどう》さんがうれしそうに声《こえ》を上《あ》げます。

「良浜《ラウヒン》えらい。ちゃんとおしりもなめてあげてますね！」

パンダの赤《あか》ちゃんは、ある程度成長《ていどせいちょう》するまで、自力《じりき》で排泄《はいせつ》することができません。母親《ははおや》におしりを刺激《しげき》してもらうことで、ようやくウンチやおしっこが出《だ》せるのです。

良浜《ラウヒン》もそれを分《わ》かっているようで、熱心《ねっしん》におしりをなめています。そして排泄《はいせつ》がすんだころには、再《ふたた》び赤《あか》ちゃんの頭《あたま》や背中《せなか》などをなめます。暖《あたた》かい舌《した》でなめることで、赤《あか》ちゃんの体温《たいおん》が下《さ》がらないようにする効果《こうか》もあるといいます。

出産《しゅっさん》から3日目《かめ》。良浜《ラウヒン》は立派《りっぱ》に、母親《ははおや》としての姿《すがた》を私《わたし》たちに見《み》せてくれていました。赤《あか》ちゃんに対《たい》する愛情《あいじょう》は、着実《ちゃくじつ》に育《はぐ》まれているようです。

緊迫《きんぱく》 赤《あか》ちゃんの異変《いへん》

台風一過《たいふういっか》、白浜《しらはま》の空《そら》は晴《は》れ渡《わた》りました。

しかし、穏《おだ》やかな日々《ひび》は、そう簡単《かんたん》には訪《おとず》れません。台風《たいふう》の翌日《よくじつ》、また問題《もんだい》が持《も》ち上《あ》がったのです。

良浜《ラウヒン》に大好物《だいこうぶつ》の蜂蜜《はちみつ》を与《あた》えて気《き》を紛《まぎ》らわし、その間《あいだ》に1日《にち》4回行《かいおこな》う「健康《けんこう》チェック」。体重《たいじゅう》をはかり、体《からだ》の隅々《すみずみ》まで獣医師《じゅういし》や飼育員《しいくいん》が複数《ふくすう》の目《め》で点検《てんけん》します。まだ免疫力《めんえきりょく》が低《ひく》い赤《あか》ちゃんパンダには、小《ちい》さな油断《ゆだん》が命取《いのちと》りになりかねないのです。

（どんな些細《ささい》な異変《いへん》も、見逃《みのが》すわけにはいかない……）

赤《あか》ちゃんに向《む》けられた飼育員《しいくいん》のまなざしからは、そんな強《つよ》い思《おも》いが伝《つた》わってきます。

見《み》た目《め》に異常《いじょう》がないか確認《かくにん》したら、次《つぎ》は体温《たいおん》を測定《そくてい》。最後《さいご》に体重《たいじゅう》をはかり、わずか数分《すうふん》で健康《けんこう》チェックは終了《しゅうりょう》し、良浜《ラウヒン》のもとに返《かえ》される予定《よてい》でした。

こんな小《ちい》さな体《からだ》に起《お》こるわずかな異変《いへん》も、飼育員《しいくいん》は見逃《みのが》さないように気《き》を配《くば》っている。

デジタルの数字《すうじ》が表示《ひょうじ》される箱形《はこがた》の体温計《たいおんけい》からは、細《ほそ》いケーブルがのびていて、その先端《せんたん》に体温《たいおん》をはかるセンサーがついています。そのセンサーを、あおむけに寝《ね》ている赤《あか》ちゃんのおなかの下《した》にすべり込《こ》ませると……

デジタル表示《ひょうじ》の数字《すうじ》が、少《すこ》しずつ上《あ》がります。

30・0、32・6、34・5、36・7、

（おや……？）

通常《つうじょう》、パンダの赤《あか》ちゃんの体温《たいおん》は、35度《ど》後半《こうはん》から36度《ど》前半《ぜんはん》ほど。人間《にんげん》と同《おな》じです。これまでの測定《そくてい》でもそうでした。しかし今日《きょう》は、36度《ど》を過《す》ぎても、体温計《たいおんけい》の数字《すうじ》は上《あ》がり続《つづ》けます。

そして最後《さいご》には、

37・1

ようやく止《と》まりました。

人間《にんげん》だとたいしたことのない微熱《びねつ》ですが、私《わたし》がカメラから顔《かお》を上《あ》げると、周囲《しゅうい》に張《は》り詰《つ》めた空気《くうき》が漂《ただよ》っていました。

飼育員《しいくいん》が集《あつ》まり、険《けわ》しい表情《ひょうじょう》で相談《そうだん》を始《はじ》めました。

話《はなし》を聞《き》こうとしたそのとき、すぐ隣《となり》で良浜《ラウヒン》が大《おお》きな鳴《な》き声《ごえ》を上《あ》げます。蜂蜜《はちみつ》がなくなり、赤《あか》ちゃんがいなくなったことに気《き》づいてしまったのです。

飼育員《しいくいん》は、体重測定《たいじゅうそくてい》を手早《てばや》くすませると、良浜《ラウヒン》のもとに赤《あか》ちゃんを返《かえ》しました。

そうすると落《お》ち着《つ》きを取《と》り戻《もど》し、赤《あか》ちゃんをしっかりと抱《だ》きかかえる良浜《ラウヒン》。

その様子《ようす》を確認《かくにん》した飼育員《しいくいん》が、足早《あしばや》に産室《さんしつ》を出《で》て行《い》こうとするのを見《み》て、あわてて後《うし》ろをついていきました。向《む》かった先《さき》のスタッフルームでは、飼育員《しいくいん》がリーダーの遠藤《えんどう》さんやベテランの熊川《くまかわ》さんと、何《なに》やら話《はなし》をしています。

「午前《ごぜん》9時《じ》の取《と》り上《あ》げ時点《じてん》で37度《ど》1分《ぶ》ありました」

「たしかに、ちょっと高《たか》いね……」

「ほかに何《なに》か異変《いへん》は？」

「今《いま》のところ特《とく》には……」

「これ以上体温《いじょうたいおん》が上《あ》がらないといいけど……。あわせて何《なに》か異変《いへん》がないか、念入《ねんい》りに確認《かくにん》だね」


短《みじか》いやりとりでしたが、遠藤《えんどう》さんも熊川《くまかわ》さんも、「微熱《びねつ》」と楽観視《らっかんし》していないことは明《あき》らかでした。話《はなし》が一段落《いちだんらく》したところで、遠藤《えんどう》さんに話《はなし》を聞《き》いてみます。

「これまでは35〜36度《ど》だったんですが、さっきの測定《そくてい》で37度《ど》を超《こ》えたんです。とはいっても、わずかに超《こ》えただけですし、次《つぎ》の測定《そくてい》で下《さ》がってくれればまったく問題《もんだい》ないんですが……」

今《いま》すぐ、治療《ちりょう》が必要《ひつよう》というわけではありませんが、このまま体温《たいおん》が上《あ》がり続《つづ》ければ命《いのち》に関《かか》わります。慎重《しんちょう》に、体温《たいおん》の変化《へんか》を見極《みきわ》める方針《ほうしん》を遠藤《えんどう》さんは語《かた》ってくれました。

遠藤《えんどう》さんは部屋《へや》のすみにある棚《たな》から、大《おお》きなファイルを取《と》り出《だ》してきました。2年前《ねんまえ》に生《う》まれたすぐ上《うえ》の双子《ふたご》の桜浜《オウヒン》・桃浜《トウヒン》の観察記録《かんさつきろく》です。

「このときはたしか、もうちょっと体温《たいおん》が高《たか》かったんじゃないかなぁ……？」

遠藤《えんどう》さんは、誕生《たんじょう》から11日目《にちめ》のページで手《て》を止《と》めました。

「出産《しゅっさん》から11日目《にちめ》に、姉《あね》の桜浜《オウヒン》が37度《ど》1分《ぶ》になっています。その2日後《かご》には、38度《ど》まで上《あ》がってしまってますね」

このときの桜浜《オウヒン》の発熱《はつねつ》は、「微熱《びねつ》」のままで終《お》わりませんでした。

「感染症《かんせんしょう》を疑《うたが》いましたね。38度《ど》まで上《あ》がったときにはあわてました。何《なに》か重大《じゅうだい》な病気《びょうき》を見《み》落《お》としていないか、必死《ひっし》で調《しら》べましたね」

幸《さいわ》い、熱《ねつ》はそれ以上《いじょう》は上《あ》がらず、3日後《かご》にはふだんの生活《せいかつ》に戻《もど》れたそうです。いくら母《はは》親《おや》が同《おな》じ良浜《ラウヒン》といっても子育《こそだ》ては毎回状況《まいかいじょうきょう》が異《こと》なります。桜浜《オウヒン》は熱《ねつ》が下《さ》がって元気《げんき》になりましたが、今回《こんかい》も大丈夫《だいじょうぶ》だとは言《い》い切《き》れません。しかし、これまで積《つ》み重《かさ》ねてきた膨大《ぼうだい》な観察記録《かんさつきろく》から「似《に》た状況《じょうきょう》」を見《み》つけ出《だ》すことで、今後《こんご》の展開《てんかい》を予想《よそう》する材料《ざいりょう》となります。膨大《ぼうだい》な飼育記録《しいくきろく》が書《か》かれたファイルが、頼《たの》もしいものに見《み》えてきました。

午後《ご ご》3時《じ》。発熱後《はつねつご》、2回目《かいめ》の測定《そくてい》です。ここで平熱《へいねつ》に戻《もど》っていれば、何《なん》の心配《しんぱい》もいりません。

しかし、遠藤《えんどう》さんや熊川《くまかわ》さんたちの淡《あわ》い期待《きたい》は、あっさりと打《う》ち砕《くだ》かれました。

36・8

わずかに下《さ》がったものの、居合《いあ》わせた飼育員《しいくいん》たちは険《けわ》しい表情《ひょうじょう》のままです。熊川《くまかわ》さんの顔色《かおいろ》もすぐれません。

「悪化《あっか》はしていませんけど、油断《ゆだん》はできない体温《たいおん》ですね。下痢《げり》やおう吐《と》などほかの症状《しょうじょう》がないのが救《すく》いですが…」

リーダーの遠藤《えんどう》さんも口《くち》を開《ひら》きました。

「次《つぎ》の夜《よる》９時《じ》の測定《そくてい》は中尾《なかお》さんにも来《き》てもらいましょう」

中尾建子《なかおたつこ》さんは、熊川《くまかわ》さんよりもさらに長《なが》くこの園《えん》で働《はたら》く、大《だい》ベテランの獣医師《じゅういし》。アドベンチャーワールドには５人《にん》の獣医師《じゅういし》が勤務《きんむ》していますが、そのリーダーであり、パンダだけでなく１４０種類《しゅるい》のすべての動物《どうぶつ》の〝命《いのち》を預《あず》かる〟飼育部長《しいくぶちょう》です。責任者《せきにんしゃ》を呼《よ》ばなくてはならないことに、赤《あか》ちゃんの病状《びょうじょう》の深刻《しんこく》さを突《つ》きつけられた気《き》がしました。

夜《よる》９時《じ》の体温測定《たいおんそくてい》の少《すこ》し前《まえ》、中尾《なかお》さんがやってきました。中尾《なかお》さんも見守《みまも》る中《なか》、体温《たいおん》をはかります。またしても37度台《どだい》。しかし、体温以外《たいおんいがい》は、赤《あか》ちゃんの体《からだ》や様子《ようす》に異常《いじょう》は見《み》られません。どうにもはっきりしない状況《じょうきょう》が続《つづ》いていましたが、状況《じょうきょう》が良《よ》くも悪《わる》くもならない以上《いじょう》、引《ひ》き続《つづ》き慎重《しんちょう》に赤《あか》ちゃんを見守《みまも》るしかありません。

その後《ご》も、夜中《よなか》1時《じ》、明《あ》け方《がた》3時《じ》と測定《そくてい》は続《つづ》きましたが、状況《じょうきょう》は変《か》わりませんでした。赤《あか》ちゃんに何《なに》が起《お》きてもすぐに対応《たいおう》できるよう、夜間《やかん》もスタッフを手厚《てあつ》く配置《はいち》して見守《みまも》り続《つづ》けます。

全員《ぜんいん》が不安《ふあん》を抱《かか》えた一夜《いちや》が明《あ》けました。

37度《ど》前後《ぜんご》の微熱《びねつ》が続《つづ》いて、まもなく24時間《じかん》。赤《あか》ちゃんの体力消耗《たいりょくしょうもう》が心配《しんぱい》されます。

朝《あさ》9時《じ》、体温測定《たいおんそくてい》に多《おお》くの視線《しせん》が集《あつ》まりました。

30・0、32・4、34・1、

デジタル表示《ひょうじ》の体温《たいおん》が、少《すこ》しずつ上《あ》がっていきます。そしてついに、36度台《どだい》にさしかかりました。

（そこで止《と》まれ……！）
私《わたし》たちを含《ふく》む、その場《ば》にいたすべての人《ひと》たちが、そう祈《いの》っていたでしょう。
すると……。
デジタルの表示《ひょうじ》が、ようやく止《と》まります。

36・3

これこそ、まさに平熱《へいねつ》、いわば「当《あ》たり前《まえ》の状況《じょうきょう》」ですが、うれしくて、私《わたし》たちは体温《たいおん》計《けい》の数字《すうじ》を何度《なんど》も撮影《さつえい》していました。もう少《すこ》しで、ほっとした表情《ひょうじょう》を浮《う》かべる飼育員《しいくいん》の姿《すがた》を、撮影《さつえい》しそびれるところでした。

「下《さ》がらなかったら感染症《かんせんしょう》になっている可能性《かのうせい》があったので、ホッとしました。最初《さいしょ》の1週間《しゅうかん》は本当《ほんとう》に気《き》が抜《ぬ》けませんね」
獣医師《じゅういし》の中尾《なかお》さんも胸《むね》をなで下《お》ろします。

この回《かい》の健康《けんこう》チェックを担当《たんとう》していた熊川《くまかわ》さんは、早速《さっそく》、今日《きょう》の観察記録《かんさつきろく》のページに、体温《たいおん》を力強《ちからづよ》く書《か》き込《こ》みました。その表情《ひょうじょう》が、安心《あんしん》してよい状況《じょうきょう》になったことを物語《ものがた》っていました。

「まだ油断《ゆだん》はできませんけどね。パンダの赤《あか》ちゃんの子育《こそだ》てはこんなことの繰《く》り返《かえ》しですから」

その後《ご》、午後《ごご》や夜《よる》のチェックでも、赤《あか》ちゃんの体温《たいおん》は36度台《どだい》で安定《あんてい》していました。熊川《くまかわ》さんと交代《こうたい》した遠藤《えんどう》さんも、結果《けっか》を受《う》けて一安心《ひとあんしん》の様子《ようす》です。

「ほっとしました。でも、赤《あか》ちゃんが大《おお》きくなるまで、まだまだこれからです」

遠藤《えんどう》さんが、リーダーらしく力強《ちからづよ》く、そう話《はな》してくれました。

結局《けっきょく》、発熱《はつねつ》の原因《げんいん》ははっきりとは分《わ》かりませんでした。

良浜《ラウヒン》が赤《あか》ちゃんをしっかり抱《だ》きしめすぎて熱《ねつ》がこもってしまったのではないかという人《ひと》も

います。たしかに、大《おお》きなお母《かあ》さんが小《ちい》さな小《ちい》さな赤《あか》ちゃんをすっぽり包《つつ》んでいるので、そういうこともあるのかもしれません。

平熱《へいねつ》よりもわずか1度高《どたか》いだけでのこの緊迫《きんぱく》した対応《たいおう》に、私《わたし》たちはいろいろ考《かんが》えさせられました。

過去《かこ》の子育《こそだ》てで「発熱後《はつねつご》、元気《げんき》になった」という経験《けいけん》があると、「今回《こんかい》も大丈夫《だいじょうぶ》」と楽観的《らっかんてき》になってしまうのが人情《にんじょう》です。しかし、白浜《しらはま》では過去《かこ》の例《れい》を「ありうる未来《みらい》のひとつ」として参考《さんこう》にはしますが、常《つね》に「最悪《さいあく》の場合《ばあい》」に備《そな》えて対応《たいおう》するという姿勢《しせい》がとても印象的《いんしょうてき》でした。

世界屈指《せかいくっし》の繁殖実績《はんしょくじっせき》を支《ささ》えているのは、過去《かこ》の成功体験《せいこうたいけん》を過信《かしん》しない、この慎重《しんちょう》な姿勢《しせい》なのだと私《わたし》たちは感《かん》じました。

赤《あか》ちゃんを襲《おそ》う最大《さいだい》の危機《きき》

発熱問題《はつねつもんだい》が一段落《いちだんらく》した翌日《よくじつ》、出産《しゅっさん》から6日目《かめ》のことです。

いつもの健康《けんこう》チェックで、再《ふたた》び赤《あか》ちゃんの異変《いへん》が見《み》つかりました。私《わたし》たちがスタッフルームで取材中《しゅざいちゅう》、チェックに当《あ》たっていた遠藤《えんどう》さんが突然《とつぜん》、別《べつ》の飼育員《しいくいん》を召集《しょうしゅう》しました。

「赤《あか》ちゃんの身《み》にまた何《なに》かあったのか？」

密着取材《みっちゃくしゅざい》の基本《きほん》は、何《なに》か動《うご》きがあればすぐさま撮影《さつえい》を開始《かいし》することです。いったい何《なに》が起《お》きているのか、理解《りかい》できてない状態《じょうたい》でも、とにかく記録《きろく》を続《つづ》けていくことが現場《げんば》の「リアル」を伝《つた》えることになるからです。機敏《きびん》に動《うご》く飼育員《しいくいん》の邪魔《じゃま》にならないよう、注意《ちゅうい》しながら、目《め》の前《まえ》で起《お》こる出来事《できごと》を一瞬《いっしゅん》たりとも撮《と》りこぼすまいと、私《わたし》たちは気合《きあい》を入《い》れ直《なお》しました。

遠藤《えんどう》さんは、集《あつ》まった飼育員《しいくいん》たちにモニターを使《つか》って説明《せつめい》を始《はじ》めました。

画面《がめん》には、デジタルカメラで撮影《さつえい》した赤《あか》ちゃんの写真《しゃしん》が映《うつ》し出《だ》されています。

「赤《あか》ちゃんの肛門《こうもん》の横《よこ》に、ポチポチっと、ニキビみたいなできものができていて……」

遠藤《えんどう》さんは画面《がめん》を指《ゆび》さしながら、赤《あか》ちゃんの肛門近《こうもんちか》くに現《あらわ》れた、赤《あか》いできものを示《しめ》しました。

「このへんの肛門周辺《こうもんしゅうへん》も、赤《あか》く炎症《えんしょう》を起《お》こしてて……」

遠藤《えんどう》さんの指示《しじ》した場所《ばしょ》を見《み》ると、肌《はだ》が赤《あか》くただれています。

「えー……」

確認《かくにん》した飼育員《しいくいん》からは、驚《おどろ》きの声《こえ》が上《あ》がりました。明《あき》らかな異変《いへん》です。

（まさか、病気《びょうき》なのか？）

そんな疑念《ぎねん》が頭《あたま》をかすめました。

「できものは、4年前《ねんまえ》に優浜《ユウヒン》が生《う》まれたときにも、似《に》たようなものができていたから、もしかしたら同《おな》じものかも」

今回《こんかい》も遠藤《えんどう》さんは分厚《ぶあつ》いファイルのページをめくりながら言《い》いました。良浜《ラウヒン》が4年前《ねんまえ》に出産《しゅっさん》した優浜《ユウヒン》のときも、似《に》たような経験《けいけん》をしていたのです。生後《せいご》2週間《しゅうかん》あまりがたったころに、〝あせも〟のようなできものが、下腹部《かふくぶ》に出現《しゅつげん》したと書《か》いてありました。

「私《わたし》、そのときのことを覚《おぼ》えているんだけど、あせもみたいなぶつぶつが、おなかの下《した》のほう、肛門《こうもん》の近《ちか》くにできてて。それが1週間近《しゅうかんちか》く続《つづ》いて、目立《めだ》たなくなったんだけど」

「いったい何《なん》だったんですか？」

最近《さいきん》、アドベンチャーワールドに入《はい》ったばかりの若手《わかて》の飼育員《しいくいん》がたずねます。

「そのときは、感染症《かんせんしょう》を疑《うたが》うような症状《しょうじょう》は見《み》られなかったし、おそらく外的《がいてき》な刺激《しげき》によるものじゃないかって」

「外的《がいてき》な刺激《しげき》？」

「赤《あか》ちゃんのウンチが出《で》るように、良浜《ラウヒン》がよく肛門《こうもん》のあたりをなめてあげるじゃない？そのときの刺激《しげき》が強《つよ》すぎたんじゃないかって」

「パンダの舌《した》って、けっこう表面《ひょうめん》ざらざらしてるからな〜」

「生《う》まれたての赤《あか》ちゃんの肌《はだ》は人間《にんげん》もパンダも敏感《びんかん》だからね。でも、優浜《ユウヒン》のときはポツポツだけで、炎症《えんしょう》はなかったんだよね……。今回《こんかい》も同《おな》じと決《き》めてかからないほうがいいかもね……」

気遣《きづか》わしげに遠藤《えんどう》さんは語《かた》りました。このあと、前任《ぜんにん》の飼育《しいく》リーダーでもあるベテランの熊川《くまかわ》さんと、獣医師《じゅういし》の中尾《なかお》さんにも意見《いけん》を聞《き》くといいます。私《わたし》たちは、足早《あしばや》にスタッフルームを去《さ》る遠藤《えんどう》さんの後《うし》ろ姿《すがた》を見送《みおく》りました。

このときの赤《あか》ちゃんパンダの状態《じょうたい》は、次《つぎ》のようなものでした。

・肛門付近《こうもんふきん》に〝にきび〟のようなできもの
・できものの周囲《しゅうい》にうっすら赤《あか》く広《ひろ》がる炎症《えんしょう》
・体温《たいおん》は異常《いじょう》なし
・便《べん》、尿《にょう》も異常《いじょう》なし
・赤《あか》ちゃんの呼吸《こきゅう》や、動《うご》きに特《とく》に問題《もんだい》はなし

発熱《はつねつ》が一段落《いちだんらく》して、平常《へいじょう》に戻《もど》りかけていた監視態勢《かんしたいせい》を、再《ふたた》び手厚《てあつ》いスタッフ配置《はいち》に戻《もど》します。というよりも、息《いき》つく暇《ひま》もなく、そのまま移行《いこう》したというほうが実態《じったい》に近《ちか》いかもしれません。

午後《ごご》3時《じ》、この日《ひ》3回目《かいめ》の健康《けんこう》チェックが行《おこな》われました。できものも炎症《えんしょう》も、大《おお》きくはなっていませんでしたが、小《ちい》さくなってもいません。

獣医師《じゅういし》の中尾《なかお》さんも交《まじ》えて、方針《ほうしん》が話《はな》し合《あ》われます。できものや炎症《えんしょう》の部分《ぶぶん》は、当然《とうぜん》のことながら皮膚《ひふ》が弱《よわ》い状態《じょうたい》です。傷《きず》ついたり、出血《しゅっけつ》したりする可能性《かのうせい》がほかの部分《ぶぶん》より高《たか》くなっています。もし、そこから感染症《かんせんしょう》を引《ひ》き起《お》こす細菌《さいきん》などが侵入《しんにゅう》すれば、それこそ命《いのち》に関《かか》わる事態《じたい》になります。

遠藤《えんどう》さんは、中尾《なかお》さんのアドバイスに従《したが》い、抗生剤《こうせいざい》の塗《ぬ》り薬《ぐすり》による治療《ちりょう》を開始《かいし》すると宣《せん》言《げん》しました。薬《くすり》を塗《ぬ》れば、十中八九《じっちゅうはっく》、できものも炎症《えんしょう》も治《なお》るといいます。しかし、遠藤《えんどう》さんの表情《ひょうじょう》は晴《は》れませんでした。

なぜなら、塗《ぬ》り薬《ぐすり》による治療《ちりょう》の開始《かいし》は、一方《いっぽう》で良浜《ラウヒン》と赤《あか》ちゃんの隔離《かくり》を意味《いみ》するからです。薬《くすり》を塗《ぬ》っても、その後《ご》すぐに良浜《ラウヒン》がなめ取《と》ってしまっては意味《いみ》がありません。

しかし、良浜《ラウヒン》に「治《なお》らないからなめないでね」と言《い》っても分《わ》かるはずもなく、薬《くすり》を塗《ぬ》ったあと、ある程度《ていど》吸収《きゅうしゅう》されるまでは、良浜《ラウヒン》になめられないようにしないといけません。

先日《せんじつ》の台風事件《たいふうじけん》でも明《あき》らかなように、良浜《ラウヒン》は赤《あか》ちゃんと少《すこ》しの時間《じかん》でも引《ひ》き離《はな》されるのを嫌《いや》がります。まして台風《たいふう》のときとは違《ちが》って、今回《こんかい》は1日《にち》に何度《なんど》もです。できものと炎症《えんしょう》が完治《かんち》するまで何日《なんにち》かかるかも分《わ》かりません。ここまで、良浜《ラウヒン》は順調《じゅんちょう》に母親《ははおや》としての自覚《じかく》をつけてきましたが、引《ひ》き離《はな》される時間《じかん》が長引《ながび》けば長引《ながび》くほど、ストレスになり、母乳《ぼにゅう》の分泌《ぶんぴつ》に影響《えいきょう》がでるおそれも大《おお》きくなります。これまで、引《ひ》き離《はな》す時間《じかん》を最小限《さいしょうげん》にして、順《じゅん》調《ちょう》に母子関係《おやこかんけい》を築《きず》いてきただけに、飼育《しいく》チームの中《なか》に不安《ふあん》が広《ひろ》がっていました。

夜《よる》9時《じ》、この日《ひ》4回目《かいめ》の健康《けんこう》チェックから、「引《ひ》き離《はな》し」を実行《じっこう》することになりました。患部《かんぶ》に薬《くすり》を塗《ぬ》り、吸収《きゅうしゅう》されるまでのおよそ20分間《ぷんかん》、温度《おんど》が管理《かんり》された保育器《ほいくき》の中《なか》に、タオルでくるんだ赤《あか》ちゃんを置《お》きます。まだ赤《あか》ちゃんは目《め》が開《あ》いておらず見《み》えないこともあってか、保育器《ほいくき》に入《い》れられてもおとなしくしていました。

赤《あか》ちゃんがいないことに気《き》づき仁王立《におうだ》ちで鳴《な》く良浜《ラウヒン》をなだめる遠藤《えんどう》さん。

しかし、良浜《ラウヒン》はそうはいきません。引《ひ》き離《はな》す瞬間《しゅんかん》に渡《わた》された蜂蜜《はちみつ》が気《き》をそらしたのは、わずか3分程度《ぷんていど》。蜂蜜《はちみつ》をなめ終《お》わると、きょろきょろ赤《あか》ちゃんを探《さが》し始《はじ》めたのです。「どこにいったの？」と言《い》っているかのように鳴《な》き声《ごえ》もあげます。

薬《くすり》が浸透《しんとう》するまでおよそ20分《ぷん》と聞《き》いたときは、「そんなものか」と高《たか》をくくっていましたが、実際《じっさい》に居合《いあ》わせると、時間《じかん》がたつのが異常《いじょう》に遅《おそ》く感《かん》じます。明《あき》らかに良浜《ラウヒン》の行動《こうどう》は落《お》ち着《つ》きをなくしていました。なんとか気《き》を紛《まぎ》らわそうと、飼育員《しいくいん》たちが好物《こうぶつ》のリンゴや竹《たけ》を差《さ》し出《だ》します。

しかし、良浜《ラウヒン》はいっこうに鳴《な》きやむ様子《ようす》はありません。

この晩《ばん》、泊《と》まり勤務《きんむ》となった中尾《なかお》さんも、リンゴや新鮮《しんせん》な竹《たけ》を良浜《ラウヒン》に差《さ》し出《だ》しますが、それもまた、良浜《ラウヒン》の怒《いか》りの火《ひ》に油《あぶら》を注《そそ》ぐようなものでした。乱暴《らんぼう》につかみ、投《な》げつけます。日《ひ》ごろ、信頼《しんらい》を寄《よ》せる飼育員《しいくいん》に「敵意《てきい》」のような感情《かんじょう》をぶつけていました。

良浜《ラウヒン》の鳴《な》き声《ごえ》はどんどん大《おお》きくなり、息《いき》もどんどん荒《あら》くなっていきます。左右《さゆう》に行《い》ったり来《き》たりするだけではすまず、オリに手《て》をかけて立《た》ち上《あ》がると、仁王立《におうだ》ちになって鳴《な》き続《つづ》けました。頭《あたま》を大《おお》きくふり、まさにパニック状態《じょうたい》といった様子《ようす》です。

薬《くすり》を塗《ぬ》ってから10分《ぷん》、まだ赤《あか》ちゃんを返《かえ》すことはできません。良浜《ラウヒン》の動《うご》きはどんどん激《はげ》しくなる一方《いっぽう》です。オリに手《て》をかけては体重《たいじゅう》をのせて、ガタガタと大《おお》きな音《おと》を立《た》てて揺《ゆ》らし始《はじ》めます。息《いき》も荒《あら》くなっていき、興奮《こうふん》のしすぎで、苦《くる》しそうに見《み》えるほどです。

「ラウちゃん、大丈夫《だいじょうぶ》だから。もうちょっと待《ま》って、もうちょっとだから……」

パニック状態《じょうたい》の良浜《ラウヒン》を見《み》ながら、中尾《なかお》さんが声《こえ》をかけ続《つづ》けます。中尾《なかお》さんも熊川《くまかわ》さん同様《どうよう》、良浜《ラウヒン》とは15年《ねん》以上《いじょう》のつきあい。良浜《ラウヒン》に一目置《いちもくお》かれているひとりです。しかし、その言葉《ことば》も届《とど》きません。冷静沈着《れいせいちんちゃく》なベテラン獣医師《じゅういし》にも、つらそうな表情《ひょうじょう》が浮《う》かんでいました。

薬《くすり》を塗《ぬ》ってから15分《ふん》。

良浜《ラウヒン》の興奮《こうふん》は、もはやピークに達《たっ》していました。大《おお》きな声《こえ》で鳴《な》き続《つづ》けた結果《けっか》、口元《くちもと》からは白《しろ》い泡《あわ》を吹《ふ》き始《はじ》めています。息《いき》も、これ以上《いじょう》ないほどに荒《あら》くなっていました。

「赤《あか》ちゃん返《かえ》します！　もう限界《げんかい》だ、しょうがない」

中尾《なかお》さんが叫《さけ》ぶように言《い》いました。

結局《けっきょく》、予定《よてい》していた時間《じかん》を待《ま》たずに、赤《あか》ちゃんを返《かえ》すことにしました。

これ以上《いじょう》、良浜《ラウヒン》にストレスを与《あた》えれば、暴力的《ぼうりょくてき》な感情《かんじょう》の爆発《ばくはつ》がどこに向《む》かうか分《わ》かりません。飼育員《しいくいん》か、自分自身《じぶんじしん》か、戻《もど》した瞬間《しゅんかん》のわが子《こ》か。いずれにせよ、悲劇《ひげき》となります。

薬《くすり》の完全《かんぜん》な吸収《きゅうしゅう》は無理《むり》ですが、15分《ふん》という時間《じかん》は多少《たしょう》の効果《こうか》が期待《きたい》できるギリギリの時間《じかん》でした。

慎重《しんちょう》にタイミングを見極《みきわ》め、隙《すき》を見《み》て良浜《ラウヒン》に赤《あか》ちゃんを返《かえ》しました。

わが子《こ》を取《と》り戻《もど》し、一瞬《いっしゅん》で元《もと》の穏《おだ》やかな良浜《ラウヒン》に戻《もど》りました。赤《あか》ちゃんを優《やさ》しく口《くち》にくわえると、胸元《むなもと》に引《ひ》き寄《よ》せて大事《だいじ》そうに体《からだ》をなめ始《はじ》めます。おそらく、まだ吸収《きゅうしゅう》されていない薬《くすり》もなめ取《と》ってしまったことでしょう。赤《あか》ちゃんの無事《ぶじ》を確認《かくにん》すると、安心《あんしん》したかのように抱《だ》いたまま眠《ねむ》りにつきました。

「はぁ〜、ごめんね、ラウちゃん。大変《たいへん》だったね」

中尾《なかお》さんは落《お》ち着《つ》きを取《と》り戻《もど》した良浜《ラウヒン》に語《かた》りかけます。

毎回《まいかい》、これを繰《く》り返《かえ》すのか？　私《わたし》たちにはとうてい不可能《ふかのう》に思《おも》え、中尾《なかお》さんにその疑問《ぎもん》をぶつけてみました。

「う〜ん、とてもじゃないけど、20分《ぷん》は無理《むり》ですね。お母《かあ》さんがもたない。ここまで興奮《こうふん》するのは想定外《そうていがい》でしたね。まいったなぁ……。今夜《こんや》の当直中《とうちょくちゅう》の取《と》り上《あ》げは……、あと2回《かい》!?　こりゃ大変《たいへん》だ！」

中尾《なかお》さんはそう言《い》いながら、観察記録《かんさつきろく》にさきほどまでの良浜《ラウヒン》の様子《ようす》を書《か》き込《こ》んでいました。


続《つづ》く深夜午前《しんやごぜん》1時《じ》と午前《ごぜん》3時《じ》の取《と》り上《あ》げでも、同《おな》じことが繰《く》り広《ひろ》げられました。赤《あか》ちゃんがいないない時間《じかん》が長引《ながび》けば長引《ながび》くほど、最後《さいご》のほうはまさにパニック状態《じょうたい》。「慣《な》れる」ということはなく、まったく同《おな》じ反応《はんのう》を繰《く》り返《かえ》します。結局《けっきょく》、この2回《かい》でも、予定《よてい》していた時間《じかん》よりも早《はや》く、赤《あか》ちゃんを返《かえ》さざるを得《え》ませんでした。

〝治療《ちりょう》を確実《かくじつ》に進《すす》めることで、赤《あか》ちゃんの命《いのち》を守《まも》らなければならない〟

しかし、その一方《いっぽう》で、

〝過度《かど》なストレスで、母親《ははおや》が育児《いくじ》を放棄《ほうき》してしまう事態《じたい》は阻止《そし》しなければならない〟

赤《あか》ちゃんの具合《ぐあい》と、母親《ははおや》が受《う》けるストレスの強《つよ》さ。この難《むずか》しいバランスを何《なん》とか保《たも》ちながら、治療《ちりょう》を続《つづ》けなければならないのです。

爆発《ばくはつ》するお母《かあ》さんパンダの愛情《あいじょう》

塗《ぬ》り薬《ぐすり》による治療《ちりょう》を始《はじ》めて2日目《かめ》の朝《あさ》。出勤《しゅっきん》した遠藤《えんどう》さんは、昨夜《さくや》、中尾《なかお》さんが書《か》き残《のこ》した観察記録《かんさつきろく》を見返《みかえ》していました。想定《そうてい》以上《いじょう》に良浜《ラウヒン》が暴《あば》れたことが書《か》かれています。

午前《ごぜん》9時《じ》、また良浜《ラウヒン》から赤《あか》ちゃんを取《と》り上《あ》げなければならない時間《じかん》が来《き》ました。遠藤《えんどう》さんが、良浜《ラウヒン》の相手《あいて》を担当《たんとう》します。私《わたし》たちは赤《あか》ちゃんのおしりにカメラを向《む》けました。昨夜《さくや》からこれまでに3回《かい》、薬《くすり》を塗《ぬ》り続《つづ》けていますが、患部《かんぶ》はまだ赤《あか》く、炎症《えんしょう》が残《のこ》っています。毎回《まいかい》、完全《かんぜん》に薬《くすり》が吸収《きゅうしゅう》される前《まえ》に良浜《ラウヒン》がなめ取《と》ってしまうので、当然《とうぜん》効《き》きも悪《わる》いのでしょう。まだまだ、しばらくは塗《ぬ》り薬《ぐすり》を続《つづ》ける必要《ひつよう》があるようでした。

今回《こんかい》も、赤《あか》ちゃんの肛門《こうもん》の周辺《しゅうへん》に、塗《ぬ》り薬《ぐすり》を塗《ぬ》っていきます。

しかしその矢先《やさき》、やはり、良浜《ラウヒン》が興奮《こうふん》し出《だ》しました。興奮《こうふん》は時間《じかん》とともにあっという間《ま》に高《たか》まり、鳴《な》きながら、オリの中《なか》を暴《あば》れ回《まわ》ります。口《くち》から泡《あわ》も吹《ふ》き出《だ》し始《はじ》めました。


やはり、これ以上《いじょう》ストレスを与《あた》え続《つづ》けると、危険《きけん》かもしれない。

やむなく遠藤《えんどう》さんも、予定《よてい》よりも早《はや》く、赤《あか》ちゃんを良浜《ラウヒン》に返《かえ》す判断《はんだん》をしました。本当《ほんとう》ならもう少《すこ》し、せめて薬《くすり》が乾《かわ》くまでの間《あいだ》だけでも預《あず》かっていたいのですが、やむを得《え》ません。

良浜《ラウヒン》は息《いき》を切《き》らしたように、ゼーゼーと早《はや》い呼吸《こきゅう》を繰《く》り返《かえ》しています。よほど興奮《こうふん》していたらしく、赤《あか》ちゃんが返《かえ》ってきても呼吸《こきゅう》はなかなか落《お》ち着《つ》かないようでした。


その様子《ようす》を、じっと見《み》つめる遠藤《えんどう》さん。

産室《さんしつ》には、しばらく、良浜《ラウヒン》の荒《あら》い息《いき》だけが響《ひび》いていました。

良浜《ラウヒン》が興奮状態《こうふんじょうたい》で緊迫《きんぱく》しているときに話《はなし》を聞《き》くのは気《き》が引《ひ》けましたが、私《わたし》たちは思《おも》い切《き》って、遠藤《えんどう》さんに声《こえ》をかけました。

「良浜《ラウヒン》、大変《たいへん》ですね」

「大事《だいじ》な赤《あか》ちゃんが取《と》り上《あ》げられたら、パニックになりますよね。人間《にんげん》でもそうでしょう。治療《ちりょう》のためにやってるんだよって、伝《つた》えてあげたいですけど、そうもいかないですからね……仕方《しかた》ないです」

まるで自分《じぶん》に言《い》い聞《き》かせるように、良浜《ラウヒン》に目《め》をやったまま、遠藤《えんどう》さんは答《こた》えてくれました。

見《み》ているだけでもつらい「引《ひ》き離《はな》しと再会《さいかい》」を繰《く》り返《かえ》すことで、治療《ちりょう》を乗《の》り切《き》るしかない。誰《だれ》もがそう思《おも》っていたとき、繰《く》り返《かえ》し、ではない新《あたら》しい事態《じたい》が展開《てんかい》しました。

それは、午後《ごご》の最初《さいしょ》の取《と》り上《あ》げが行《おこな》われる、3時《じ》の直前《ちょくぜん》。

まだ、飼育員《しいくいん》が何《なに》もしていないのに、良浜《ラウヒン》が突然《とつぜん》、声《こえ》を出《だ》して鳴《な》き始《はじ》めました。

「クゥン……クゥン……」

少《すく》なくとも、私《わたし》たちが取材《しゅざい》に入《はい》ってから一度《いちど》も聞《き》いたことがない鳴《な》き声《ごえ》です。

まるで、何《なに》かにすねていじけているときに出《だ》すような、悲《かな》しい響《ひび》きの声《こえ》。

遠藤《えんどう》さんが解説《かいせつ》してくれました。

「これは、機嫌《きげん》をそこねたときに出《だ》す鳴《な》き声《ごえ》ですね。私《わたし》たちは〝プンプン声《ごえ》〟って呼《よ》んでます」


まだ赤《あか》ちゃんを引《ひ》き離《はな》してもいないのに？

これまでの良浜《ラウヒン》は、赤《あか》ちゃんと一緒《いっしょ》にいる間《あいだ》、不機嫌《ふきげん》になることはなかったはずです。

「機嫌《きげん》がなおるまで、けっこう長《なが》く鳴《な》き続《つづ》けるんです。良浜《ラウヒン》、どうしたの。竹食《たけた》べる？」

遠藤《えんどう》さんは、良浜《ラウヒン》をなだめるように語《かた》りかけ、新鮮《しんせん》な竹《たけ》を差《さ》し出《だ》します。

しかし、効果《こうか》はないように見《み》えました。

遠藤《えんどう》さんが根気強《こんきづよ》く良浜《ラウヒン》に語《かた》り続《つづ》けている最中《さいちゅう》に、扉《とびら》が開《あ》く音《おと》がして、熊川《くまかわ》さんが入《はい》ってきました。熊川《くまかわ》さんも一目《ひとめ》で、良浜《ラウヒン》の心理状態《しんりじょうたい》を見抜《みぬ》きました。

「もうすぐしたら赤《あか》ちゃんを取《と》り上《あ》げる時間《じかん》なのに気《き》がついたのね」

時計《とけい》も見《み》られないはずなのに、「また、あの嫌《いや》な時間《じかん》が来《く》る」ということが分《わ》かっているというのでしょうか？　パンダをそんなに、「人間的《にんげんてき》」に見《み》てもよいのか？　私《わたし》たちは率直《そっちょく》に疑問《ぎもん》をぶつけました。

「ふだんよりかなり長《なが》い時間《じかん》、赤《あか》ちゃんを取《と》り上《あ》げてますからね。それも何回《なんかい》も。そのつらさが、忘《わす》れられないくらい染《し》み込《こ》んでいるということでしょう。でも、こればっかりはしょうがないからなぁ……」

途方《とほう》に暮《く》れたように、熊川《くまかわ》さんは答《こた》えてくれました。

午後《ごご》3時《じ》、相変《あいか》わらず〝プンプン声《ごえ》〟を上《あ》げる良浜《ラウヒン》を蜂蜜《はちみつ》でなんとかなだめすかし、これまでどおり、赤《あか》ちゃんを取《と》り上《あ》げて、塗《ぬ》り薬《ぐすり》を塗《ぬ》ります。興奮《こうふん》して暴《あば》れ出《だ》す良浜《ラウヒン》。いつにも増《ま》して激《はげ》しい気《き》がするのは気《き》のせいでしょうか？

薬《くすり》が患部《かんぶ》に浸透《しんとう》するまで、暴《あば》れる良浜《ラウヒン》を前《まえ》に、ただ、待《ま》つしかありません。

時折《ときおり》、声《こえ》をかけながら、暴《あば》れ回《まわ》る良浜《ラウヒン》を見守《みまも》る遠藤《えんどう》さん。

「ラウ！」「良浜《ラウヒン》！」

その表情《ひょうじょう》は、怒《おこ》っているようにも悲《かな》しんでいるようにも見《み》える不思議《ふしぎ》なものでした。赤《あか》ちゃんを良浜《ラウヒン》に返《かえ》したあと、遠藤《えんどう》さんは、一言《ひとこと》ずつ考《かんが》えながら、搾《しぼ》り出《だ》すように語《かた》ってくれました。

「心苦《こころぐる》しいですね。本来《ほんらい》だったら一緒《いっしょ》にいるわが子《こ》が、奪《うば》われたようなものじゃないですか？　……かわいそうですよね」

赤《あか》ちゃんの命《いのち》を守《まも》るために、良浜《ラウヒン》に負担《ふたん》を強《し》いてでも、治療《ちりょう》を続《つづ》ける。リーダーとしての自分《じぶん》の決断《けつだん》が正《ただ》しかったのか。遠藤《えんどう》さんの葛藤《かっとう》が感《かん》じられました。

遠藤《えんどう》さんは、さらにポツリポツリと過去《かこ》の苦《にが》い失敗《しっぱい》の経験《けいけん》を語《かた》ってくれました。

遠藤《えんどう》さんは、前回《ぜんかい》の出産《しゅっさん》、２０１４年《ねん》12月《がつ》に生《う》まれた双子《ふたご》の赤《あか》ちゃん、桜浜《オウヒン》、桃浜《トウヒン》の子《こ》育《そだ》てを担当《たんとう》していました。パンダの飼育歴《しいくれき》は長《なが》いですが、出産育児《しゅっさんいくじ》に関《かか》わったのは、このとき2回目《かいめ》。最初《さいしょ》のうちは、悪戦苦闘《あくせんくとう》していました。特《とく》に毎回《まいかい》の健康《けんこう》チェックも、熊川《くまかわ》さんなどベテランに比《くら》べると、どうしても時間《じかん》がかかりがちでした。

そんなある日《ひ》、良浜《ラウヒン》が突然《とつぜん》、赤《あか》ちゃんを口《くち》にくわえて、乱暴《らんぼう》に振《ふ》り回《まわ》すような行動《こうどう》をとったのです。良浜《ラウヒン》が何《なに》にストレスを感《かん》じたのか、もちろん説明《せつめい》はしてくれません。しかし、引《ひ》き離《はな》す時間《じかん》が長引《ながび》いたことが、ストレスになり良浜《ラウヒン》を追《お》い込《こ》んだのではないか。遠藤《えんどう》さんは思《おも》い悩《なや》みました。結果的《けっかてき》に大事《だいじ》に至《いた》りませんでしたが、大《おお》きな母親《ははおや》のちょっとした行動《こう》が赤《あか》ちゃんの命《いのち》を脅《おびや》かしかねないのがパンダの子育《こそだ》てです。自分《じぶん》のせいで赤《あか》ちゃんを危《き》険《けん》な目《め》に合《あ》わせたと、後悔《こうかい》の念《ねん》を抱《いだ》き続《つづ》けていました。

経験《けいけん》を積《つ》み、チームのリーダーとしての風格《ふうかく》を身《み》につけてきた遠藤《えんどう》さんも、荒《あ》れ狂《くる》う良《ラウ》浜《ヒン》の姿《すがた》に苦《にが》い思《おも》い出《で》が重《かさ》なり、平静《へいせい》ではいられないようでした。

一方《いっぽう》、ベテラン飼育員《しいくいん》の熊川《くまかわ》さんに話《はなし》を聞《き》くと、まったく別《べつ》のとらえ方《かた》をしていました。

「自分《じぶん》の子《こ》どもに対《たい》して、あれだけの執着《しゅうちゃく》を見《み》せるのは、私《わたし》は逆《ぎゃく》に、とてもいいことだと思《おも》います。あれだけ不機嫌《ふきげん》になったり、暴《あば》れたりしてますけど、赤《あか》ちゃんを返《かえ》してあげれば、また元《もと》に戻《もど》りますんで。何《なん》の問題《もんだい》もありません。むしろ、母親《ははおや》の愛《あい》なんじゃないですかね。愛情《あいじょう》が深《ふか》まっているという証拠《しょうこ》です。だから、私《わたし》はまったく心配《しんぱい》していません」

赤《あか》ちゃんを取《と》り上《あ》げられる前《まえ》の段階《だんかい》から、不機嫌《ふきげん》になって〝プンプン声《ごえ》〟を上《あ》げる良浜《ラウヒン》の姿《すがた》に、我《わ》が子《こ》に対《たい》する愛情《あいじょう》の「成長《せいちょう》」を熊川《くまかわ》さんは感《かん》じ取《と》っていました。

結局《けっきょく》、治療《ちりょう》は5日間《かかん》におよびました。遠藤《えんどう》さんは、良浜《ラウヒン》と自分《じぶん》の決断《けつだん》を信《しん》じ、荒《あ》れる良《ラウ》浜《ヒン》の姿《すがた》に歯《は》を食《く》いしばって耐《た》えました。そのかいあって、できものも炎症《えんしょう》も完治《かんち》、まるで何事《なにごと》もなかったかのように、母《はは》と子《こ》の穏《おだ》やかな生活《せいかつ》が戻《もど》ってきました。

小《ちい》さな姿《すがた》で生《う》まれ、免疫《めんえき》も整《ととの》わない無防備《むぼうび》な命《いのち》が過《す》ごす「魔《ま》の1週間《しゅうかん》」が、いつの間《ま》にか過《す》ぎ去《さ》っていました。統計的《とうけいてき》にも、この時期以降《じきいこう》、命《いのち》を落《お》とす可能性《かのうせい》は減《へ》ります。良浜《ラウヒン》、赤《あか》ちゃん、そして飼育《しいく》スタッフが力《ちから》を合《あ》わせてつかんだ「勝利《しょうり》」でした。取材《しゅざい》している私《わたし》たちも、とにかくうれしく、誇《ほこ》らしい気持《きも》ちでいっぱいになりました。

命名《めいめい》　すべてを結《むす》び未来《みらい》へ

その後《ご》は、赤《あか》ちゃんはすくすくと成長《せいちょう》。

誕生《たんじょう》から10日《か》あまりがたったころには、体《からだ》の毛《け》もかなり伸《の》び、パンダ独特《どくとく》の白黒模様《しろくろもよう》もうっすらと現《あらわ》れ始《はじ》めました。まだ目《め》は開《ひら》きませんが、体重《たいじゅう》は、生《う》まれたときの2倍《ばい》にまで増《ふ》えていました。


誕生《たんじょう》から2週間《しゅうかん》がたった10月1日《がつついたち》。

アドベンチャーワールドでは、良浜《ラウヒン》と赤《あか》ちゃんを来園客《らいえんきゃく》にお披露目《ひろめ》する「一般公開《いっぱんこうかい》」が行《おこな》われました。これまで飼育《しいく》スペースの最《もっと》も奥《おく》まった場所《ばしょ》で、静《しず》かに暮《く》らしていた母子《おやこ》が、この動物公園《どうぶつこうえん》に来《き》たお客《きゃく》さんと対面《たいめん》します。母子《おやこ》の心身《しんしん》の状態《じょうたい》が安定《あんてい》してきたからこそ、

一般公開当日《いっぱんこうかいとうじつ》の良浜《ラウヒン》と赤《あか》ちゃん。赤《あか》ちゃんの体《からだ》にもうっすらとパンダ模様《もよう》が。

できることです。

この日《ひ》を待《ま》ちわびていた、パンダファンが全国《ぜんこく》から押《お》し寄《よ》せました。

産室《さんしつ》の窓《まど》ガラスを塞《ふさ》いでいた木製《もくせい》の板《いた》がはずされ、一般《いっぱん》の人《ひと》に、産室《さんしつ》の中《なか》の様子《ようす》が公開《こうかい》されました。

時折《ときおり》、良浜《ラウヒン》の胸元《むなもと》から顔《かお》をのぞかせる赤《あか》ちゃん。

小《ちい》さいながらも、うっすらと白《しろ》と黒《くろ》のパンダ模様《もよう》が浮《う》かび上《あ》がっています。

会場《かいじょう》からは大《おお》きな歓声《かんせい》が上《あ》がりました。

「見《み》えた!!」

「動《うご》いてる〜!!」
「お人形《にんぎょう》みたい〜!!」

良浜《ラウヒン》が赤《あか》ちゃんを胸元《むなもと》に抱《だ》き、体《からだ》を丸《まる》めて寝《ね》てしまうと、赤《あか》ちゃんの姿《すがた》はまったく見《み》えません。しかし、飼育員《しいくいん》がすかさずアナウンスを入《い》れます。

「お母《かあ》さんパンダの良浜《ラウヒン》、一日中《いちにちじゅう》赤《あか》ちゃんを胸元《むなもと》に抱《だ》いて、子育《こそだ》てをしています。どうやら疲《つか》れて寝《ね》てしまったようですが、寝《ね》ているときでも、こうやって赤《あか》ちゃんを手《て》に抱《だ》いて、守《まも》ってあげているんです。皆《みな》さんからは赤《あか》ちゃんは見《み》えませんが、ぜひ、良浜《ラウヒン》の愛情《あいじょう》の深《ふか》さをご覧《らん》いただけたらと思《おも》います」

そのアナウンスに、訪《おとず》れた人《ひと》たちからも、

「大変《たいへん》だなぁ」
「えらいねぇ」
「お母《かあ》さん、頑張《がんば》って」

という声《こえ》が聞《き》こえてきました。

飼育員《しいくいん》たちが見《み》てもらいたいのは、何《なに》も、赤《あか》ちゃんパンダのかわいらしい姿《すがた》だけではありません。母親《ははおや》の良浜《ラウヒン》が懸命《けんめい》に子育《こそだ》てに励《はげ》む様子《ようす》や、赤《あか》ちゃんとの仲《なか》むつまじい、母子《おやこ》の愛情《あいじょう》を見《み》てもらいたかったのです。

今回生《こんかいう》まれた赤《あか》ちゃんパンダ。後日《ごじつ》、全国《ぜんこく》5万通《まんつう》を超《こ》える公募《こうぼ》の結果《けっか》、〝結浜《ユイヒン》〟と名付《なづ》けられました。この名前《なまえ》には、世界中《せかいじゅう》に広《ひろ》がるパンダファミリーとともに、「過去《かこ》」から受《う》け継《つ》がれる大切《たいせつ》なものを次世代《じせだい》へとつないでほしい。すべてを結《むす》び、笑顔《えがお》あふれる「未《み》来《らい》」を創《つく》ってほしいという願《ねが》いが込《こ》められています。

白浜《しらはま》のパンダの歴史《れきし》に、また新《あたら》しいページが付《つ》け加《くわ》えられた瞬間《しゅんかん》でした。

第《だい》3章《しょう》

白浜《しらはま》パンダファミリーはこうして始《はじ》まった

パンダのお父《とう》さんって？

結浜《ユイヒン》が新《あら》たに加《くわ》わった白浜《しらはま》パンダファミリー。

でも、ここまでの物語《ものがたり》に全《まった》く登場《とうじょう》していないパンダがいます。

そうです。ファミリーの大黒柱《だいこくばしら》……のはずのお父《とう》さん。

その名《な》も「永明《エイメイ》」です。

妻《つま》の良浜《ラウヒン》が、大変《たいへん》な思《おも》いで子育《こそだ》てをしている間《あいだ》に、いったい永明《エイメイ》は何《なに》をしていたのでしょう？

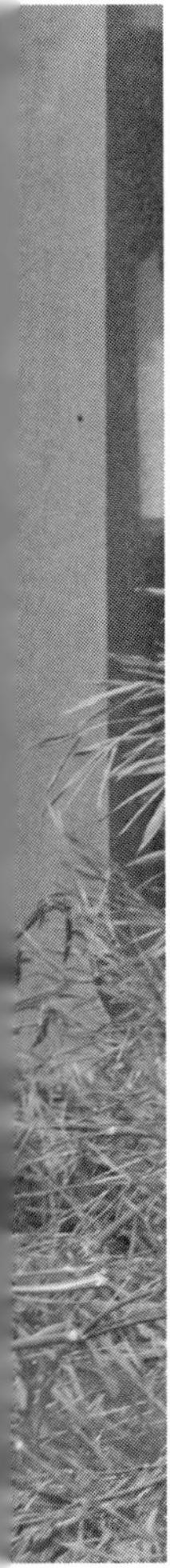

世界《せかい》に名《な》だたるお父《とう》さんパンダ・永明《エイメイ》。鼻《はな》が高《たか》いのが特徴《とくちょう》。

実《じつ》は何《なに》も知《し》らずに、のんびり竹《たけ》を食《た》べていました。

でも、永明《エイメイ》を責《せ》めないでください。パンダの父親《ちちおや》は、自然界《しぜんかい》でもまったく子育《こそだ》てに参加《さんか》しないのです。

タツノオトシゴのオスがおなかの中《なか》で子《こ》どもを保護《ほご》することはよく知《し》られていますし、昆虫《こんちゅう》の中《なか》にも子《こ》どもを守《まも》るオスがいます。鳥《とり》だって、オスとメスが交代《こうたい》でひなの世話《せわ》をしますよね。

しかし、ほ乳類《にゅうるい》では、オスが子育《こそだ》てに参加《さんか》しないことのほうが多《おお》いんです。

パンダもそうした動物《どうぶつ》のひとつ。

私《わたし》たちが母親《ははおや》の出産《しゅっさん》と子育《こそだ》てについて密着取材《みっちゃくしゅざい》をすれば、なかなか永明《エイメイ》が登場《とうじょう》しないのは、しかたがないことなんです。

だからといって、永明《エイメイ》がアドベンチャーワールドを支《ささ》えてきた「世界一《せかいいち》のお父《とう》さんパンダ」であることを、飼育員《しいくいん》たちはけっして否定《ひてい》しないでしょう。

だって永明《エイメイ》がいなければ、今《いま》のパンダファミリーはなかったのですから。

運命《うんめい》の日《ひ》「永明《エイメイ》がやってきた！」

「ほんとうに、手《て》のかかる子《こ》だったんですよ」

アドベンチャーワールドのベテラン獣医師《じゅういし》にして飼育部長《しいくぶちょう》である中尾《なかお》さんは振《ふ》り返《かえ》ります。

永明《エイメイ》が白浜《しらはま》にやってきたころから、ずっとその様子《ようす》を見守《みまも》り続《つづ》け、1人《り》と1頭《とう》のつきあいは、もう20年《ねん》以上《いじょう》にも及《およ》んでいます。

自分《じぶん》では気《き》がついていないかもしれませんが、永明《エイメイ》について話《はな》すとき、中尾《なかお》さんはいつも、とても優《やさ》しい目《め》をします。

「ずっと一緒《いっしょ》に歩《あゆ》んできた同志《どうし》」

永明《エイメイ》のことをそんなふうに考《かんが》えているのかもしれません。

永明《エイメイ》が、開港《かいこう》したばかりの関西国際空港《かんさいこくさいくうこう》に到着《とうちゃく》したのは1994年《ねん》9月《がつ》。北京《ペキン》の動物園《どうぶつえん》で生《う》まれた永明《エイメイ》は、このとき1歳《さい》11か月《げつ》。毛《け》はふわふわで、その顔《かお》には、まだ幼《おさな》さが残《のこ》っていました。

今《いま》の永明《エイメイ》は、貫禄《かんろく》たっぷりにゆっくり竹《たけ》を食《た》べたり、ゴロリと横《よこ》になってよだれを垂《た》らして寝《ね》たりします。

それはそれでチャーミングなのですが、若《わか》いころの姿《すがた》には、また違《ちが》ったかわいらしさがありました。

しかし、今《いま》も昔《むかし》も、ずっと変《か》わらないことがあります。

それは、永明《エイメイ》が、生《う》まれついての「のんびり屋《や》」だということ。

とても長《なが》い距離《きょり》を移動《いどう》して知《し》らない土地《とち》に来《く》ると、私《わたし》たちだって神経質《しんけいしつ》になってしまいますよね。

でも中国《ちゅうごく》からやってきたばかりの永明《エイメイ》は、大《たい》して気《き》にするそぶりも見《み》せず、すぐに白浜《しらはま》の環境《かんきょう》に慣《な》れてくれました。

緊張《きんちょう》しながら永明《エイメイ》を迎《むか》えた白浜《しらはま》の飼育員《しいくいん》たちも、ほっと胸《むね》をなでおろしました。

実《じつ》は、最初《さいしょ》に永明《エイメイ》のお嫁《よめ》さんになるはずだったのは、中国《ちゅうごく》から一緒《いっしょ》に来日《らいにち》した「蓉浜《ヨウヒン》」というパンダでした。

2頭《とう》で木登《きのぼ》りをして遊《あそ》ぶと、必《かなら》ず蓉浜《ヨウヒン》のほうが上《うえ》まで登《のぼ》ります。永明《エイメイ》は突《つ》き落《お》とされて、少《すこ》し不満《ふまん》そうな顔《かお》をしていたそうです。

ちょっとくらいのけんかは、仲《なか》のよい証拠《しょうこ》です。

のんびり屋《や》の永明《エイメイ》と愛《あい》らしい蓉浜《ヨウヒン》。

一緒《いっしょ》に過《す》ごすうちにお互《たが》いのことを認《みと》め合《あ》い、いずれは元気《げんき》な赤《あか》ちゃんを見《み》せてほしい。飼育員《しいくいん》たちは、そんな期待《きたい》を寄《よ》せていました。

ところが、赤《あか》ちゃんを作《つく》るどころか、このころの永明《エイメイ》は、よくおなかを壊《こわ》していました。体《からだ》を丸《まる》めてうずくまってしまい、エサも食《た》べずに朝《あさ》から動《うご》かないことが、よくあったといいます。

中尾《なかお》さんもヒヤヒヤしどおしでした。

来日《らいにち》したばかりのころの永明《エイメイ》。竹中心《たけちゅうしん》の食生活《しょくせいかつ》で元気《げんき》に。

永明《エイメイ》は、トウモロコシの粉《こな》や砂糖《さとう》、ニンジン、卵《たまご》などを練《ね》って蒸《む》した「パンダだんご」を多《おお》く与《あた》えられていました。

中国《ちゅうごく》の研究員《けんきゅういん》から教《おし》えてもらった栄養《えいよう》たっぷりの食《た》べ物《もの》です。

栄養《えいよう》は豊富《ほうふ》なのに、なぜ永明《エイメイ》はおなかを壊《こわ》してしまうのだろう。

その様子《ようす》をじっくりと観察《かんさつ》した中尾《なかお》さんたちは、ひょっとすると、「パンダだんご」を与《あた》える量《りょう》が多《おお》すぎるのではないかと考《かんが》えるようになりました。

野生《やせい》のパンダの主食《しゅしょく》といえば、やはり「竹《たけ》」。

そこで、永明《エイメイ》の食生活《しょくせいかつ》を、竹中心《たけちゅうしん》に変《か》えてみることにしました。

大昔《おおむかし》、ほかの動物《どうぶつ》との競争《きょうそう》を避《さ》けるために、パンダは中国《ちゅうごく》の山奥《やまおく》に住《す》むようになったといわれています。

そうした場所《ばしょ》に豊富《ほうふ》に生《は》えていたのが竹《たけ》です。パンダたちは、竹《たけ》をたくさん食《た》べることで命《いのち》を支《ささ》えるようになりました。

栄養自体《えいようじたい》はあまりないといわれ、ほとんどはそのまま排泄《はいせつ》されてしまいますが、やはり長《なが》い時間《じかん》をかけ、パンダの体《からだ》は竹《たけ》を食《た》べることに適《てき》するように変化《へんか》してきたのでしょう。

竹《たけ》をたくさん食《た》べるようになった永明《エイメイ》の体調《たいちょう》は、どんどん回復《かいふく》しました。

今《いま》でも白浜《しらはま》の飼育員《しいくいん》がパンダたちに与《あた》えるのは、ほとんどが竹《たけ》です。ときには、リンゴやニンジンなどもあげますが、やはり、竹《たけ》をたくさん食《た》べることが健康《けんこう》を維持《いじ》するための秘訣《ひけつ》なのです。

おなかの弱《よわ》い永明《エイメイ》にやきもきさせられていた飼育員《しいくいん》たちは、ほっと胸《むね》をなでおろしました。

日本《にほん》で巻《ま》き起《お》こったパンダブーム

そもそも永明《エイメイ》たちは、なぜ、白浜《しらはま》に来《く》ることになったのでしょうか。

それを説明《せつめい》するためには、少《すこ》し時代《じだい》をさかのぼらなくてはなりません。

パンダの先祖《せんぞ》が地球上《ちきゅうじょう》に現《あらわ》れたのは、私《わたし》たち人間《にんげん》＝ホモ・サピエンスが誕生《たんじょう》するよりも、ずっと前《まえ》だといわれています。

しかし、パンダが欧米《おうべい》で知《し》られるようになったのは、実《じつ》は、ほんの150年《ねん》ほど前《まえ》のことです。

150年前《ねんまえ》というと、日本《にほん》ではちょうど明治維新《めいじいしん》のころ。長《なが》く続《つづ》いた徳川《とくがわ》の時代《じだい》が終《お》わりを告《つ》げ、日本《にほん》の社会《しゃかい》は大《おお》きく変化《へんか》しました。

とはいっても、このころの日本《にほん》にはパンダのことを知《し》る人《ひと》はいなかったでしょう。

ヨーロッパにパンダのことが紹介《しょうかい》されると、すぐに多《おお》くの人《ひと》たちの心《こころ》をとらえました。

白黒《しろくろ》の独特《どくとく》の模様《もよう》。そして愛《あい》らしいしぐさは、ひと目見《めみ》ると忘《わす》れられません。

少《すこ》しずつ動物園《どうぶつえん》での飼育《しいく》が始《はじ》まり、パンダを外交《がいこう》に利用《りよう》しようとする人《ひと》たちも現《あらわ》れました。

パンダは、国《くに》と国《くに》との交流《こうりゅう》を深《ふか》めるための「親善大使《しんぜんたいし》」として、中国《ちゅうごく》から世界各地《せかいかくち》に贈《おく》られるようになったのです。

日本《にほん》に初《はじ》めてパンダがやってきたのは、1972年《ねん》のこと。上野動物園《うえのどうぶつえん》のカンカンとランランです。日中《にっちゅう》の国交回復《こっこうかいふく》を記念《きねん》して来日《らいにち》しました。

それをきっかけに、日本《にほん》では、空前《くうぜん》の〝パンダブーム〟が巻《ま》き起《お》こりました。2頭《とう》を見《み》るために長《なが》い行列《ぎょうれつ》ができ、年間《ねんかん》1000万人近《まんにんちか》くの入場者《にゅうじょうしゃ》が上野動物園《うえのどうぶつえん》を訪《おとず》れたといいます。

保護《ほご》への意識《いしき》の高《たか》まり

しかし、パンダは、とても数《かず》の少《すく》ない貴重《きちょう》な動物《どうぶつ》です。

絶滅《ぜつめつ》してしまっては取《と》り返《かえ》しがつきません。

やがて「親善大使《しんぜんたいし》」としての役割《やくわり》には制限《せいげん》が加《くわ》えられるようになりました。

中国《ちゅうごく》でも野生《やせい》パンダの保護《ほご》に力《ちから》を入《い》れることになり、保護区《ほごく》を設《もう》けて密猟《みつりょう》や毛皮《けがわ》の売買《ばいばい》を厳《きび》しく取《と》り締《し》まりました。そして、エサとなる竹《たけ》の伐採《ばっさい》をやめさせ、環境破壊《かんきょうはかい》の防止《ぼうし》にも取《と》り組《く》みました。

さらに、野生《やせい》パンダの生息地《せいそくち》、四川省《しせんしょう》の成都《せいと》や臥竜《がりゅう》に飼育《しいく》・繁殖《はんしょく》について研究《けんきゅう》する「基地《きち》」が作《つく》られました。

ひょっとしたら皆《みな》さんも、こうした研究基地《けんきゅうきち》に子《こ》パンダたちの〝保育園《ほいくえん》〟が設《もう》けられ、たくさんのパンダが一緒《いっしょ》に育《そだ》てられている様子《ようす》を見《み》たことがあるかもしれません。

こうした施設《しせつ》では、「絶滅《ぜつめつ》を防《ふせ》ぐためにパンダの数《かず》を増《ふ》やすこと」が、第一《だいいち》の目標《もくひょう》として掲《かか》げられました。

ちょうどこのころ、動物園《どうぶつえん》の役割自体《やくわりじたい》を見直《みなお》す動《うご》きが出始《ではじ》めていました。

単《たん》に野生《やせい》の動物《どうぶつ》を捕《つか》まえて展示《てんじ》するのではなく、大切《たいせつ》に飼育《しいく》して繁殖《はんしょく》させ、次世代《じせだい》につなげていく取《と》り組《く》みが重要《じゅうよう》だという考《かんが》え方《かた》です。

「種《しゅ》の保存《ほぞん》」に動物園《どうぶつえん》も一定《いってい》の役割《やくわり》を果《は》たすべきだ。

そうした声《こえ》が大《おお》きくなっていたのです。

いよいよ繁殖《はんしょく》に挑戦《ちょうせん》へ

これを踏《ふ》まえ、アドベンチャーワールドでは貴重《きちょう》なパンダの飼育《しいく》を実現《じつげん》させようという計画《けいかく》が動《うご》き始《はじ》めます。

中国《ちゅうごく》との間《あいだ》で、長《なが》く、そして粘《ねば》り強《づよ》い交渉《こうしょう》が進《すす》められました。

アドベンチャーワールドは飼育下《しいくか》では難《むずか》しいとされていたチーターの繁殖《はんしょく》に成功《せいこう》するなど、実績《じっせき》を積《つ》み重《かさ》ねていました。

白浜《しらはま》の温暖《おんだん》で自然豊《しぜんゆた》かな環境《かんきょう》もパンダの誘致《ゆうち》には好材料《こうざいりょう》です。

努力《どりょく》はやがて実《み》を結《むす》びました。

中国《ちゅうごく》とアドベンチャーワールドが、「ブリーディングローン」という取《と》り組《く》みを行《おこな》うことで合意《ごうい》したのです。

繁殖《はんしょく》を目的《もくてき》に動物《どうぶつ》の貸《か》し借《か》りをするという世界初《せかいはつ》の試《こころ》みです。

これは、白浜《しらはま》で飼育《しいく》しているオスとメスが交配《こうはい》に成功《せいこう》して子《こ》どもが生《う》まれ、無事《ぶじ》に成長《せいちょう》した場合《ばあい》、子《こ》どもたちは、新《あら》たな子孫《しそん》を残《のこ》す担《にな》い手《て》となるために中国《ちゅうごく》に戻《もど》すという約束《やくそく》です。

そして、1994年《ねん》。永明《エイメイ》と蓉浜《ヨウヒン》が白浜《しらはま》にやってきました。中国以外《ちゅうごくいがい》の場所《ばしょ》でパンダを増《ふ》やし、パンダという種《しゅ》の未来《みらい》を紡《つむ》ぐための役割《やくわり》を担《にな》ってほしい。

2頭《とう》には、大《おお》きな期待《きたい》が寄《よ》せられていました。

しかし、突然《とつぜん》の不幸《ふこう》に見舞《みま》われます。

永明《エイメイ》と蓉浜《ヨウヒン》が白浜《しらはま》に来《き》て3年近《ねんちか》くたった1997年《ねん》7月《がつ》。元気《げんき》だった蓉浜《ヨウヒン》が急《きゅう》に体調《たいちょう》を崩《くず》し、そのまま死《し》んでしまったのです。

体《からだ》が弱《よわ》かった永明《エイメイ》に比《くら》べれば手《て》のかからなかった蓉浜《ヨウヒン》。懸命《けんめい》の看病《かんびょう》にもかかわらず、二度《にど》と回復《かいふく》することはありませんでした。

その8か月前《げつまえ》の1996年《ねん》11月1日《がつついたち》。計量記念日《けいりょうきねんび》のニュースには、おちゃめな蓉浜《ヨウヒン》の様子《ようす》が記録《きろく》されています。

来園者《らいえんしゃ》の前《まえ》に姿《すがた》を現《あらわ》したのんびり屋《や》の永明《エイメイ》は、エサにつられてすんなりとはかりの上《うえ》に乗《の》りました。ところが蓉浜《ヨウヒン》は何《なに》かを怪《あや》しいと思《おも》ったのか、ちゃんとはかりに乗《の》ろうとしません。そればかりか、ちゃっかりエサだけを食《た》べてしまい、あげくの果《は》ては、お気《き》に入《い》りの木《き》に登《のぼ》ったまま、いっこうに降《お》りてこなくなりました。結局《けっきょく》、この日《ひ》の蓉浜《ヨウヒン》の体重測定《たいじゅうそくてい》はできなかったそうです。

ニュースは、そうした様子《ようす》についてユーモアを交《まじ》えて伝《つた》えるとともに、「2頭《とう》は人間《にんげん》でいえば思春期《ししゅんき》にさしかかる年齢《ねんれい》になっている。早《はや》ければあと2年《ねん》もすれば二世誕生《にせいたんじょう》の可能性《かのうせい》も出《で》てきそうだ」と結《むす》んでいます。

しかし、その願《ねが》いはかなわず、1年《ねん》もたたないうちに、お別《わか》れの日《ひ》が来《き》てしまいました。蓉浜《ヨウヒン》がいなくなり、永明《エイメイ》は、白浜《しらはま》で1頭《とう》だけのパンダになりました。飼育員《しいくいん》たちの落胆《らくたん》は大《おお》きく、重苦《おもくる》しい空気《くうき》がアドベンチャーワールドを覆《おお》いました。

梅梅《メイメイ》がやってきた

永明《エイメイ》が1頭《とう》だけになってから3年《ねん》。

実《じつ》は中国《ちゅうごく》では、ずっと花嫁探《はなよめさが》しが続《つづ》けられていました。

そして、白羽《しらは》の矢《や》が立《た》ったのが、永明《エイメイ》より2つ年下《としした》で、中国《ちゅうごく》での出産経験《しゅっさんけいけん》もある梅梅《メイメイ》です。

梅梅《メイメイ》が飛行機《ひこうき》に運《はこ》ばれて白浜《しらはま》に到着《とうちゃく》したのは、2000年《ねん》7月《がつ》7日《か》。ひこ星《ぼし》と織姫《おりひめ》が、年《ねん》に一度《いちど》、再会《さいかい》できるという七夕《たなばた》の日《ひ》でした。

永明《エイメイ》と梅梅《メイメイ》は、天《あま》の川《がわ》ではなく、中国《ちゅうごく》と白浜《しらはま》の間《あいだ》にある広《ひろ》い海《うみ》を越《こ》えて出会《であ》いました。なかなかロマンチックだとは、思《おも》いませんか。

さて、皆《みな》さんは、これから永明《エイメイ》と梅梅《メイメイ》の赤《あか》ちゃん誕生《たんじょう》への取《と》り組《く》みが始《はじ》まると思《おも》いますよね。

ところが、話《はなし》は、そう簡単《かんたん》ではありません。

実《じつ》は、来日《らいにち》したとき、すでに梅梅《メイメイ》のおなかには赤《あか》ちゃんが宿《やど》っていました。

中国《ちゅうごく》で人工授精《じんこうじゅせい》を受《う》けていたのです。

来日《らいにち》からわずか2か月後《げつご》には、出産《しゅっさん》の兆候《ちょうこう》がありました。

白浜《しらはま》では、大急《おおいそ》ぎで準備《じゅんび》が進《すす》められ、梅梅《メイメイ》は無事《ぶじ》に元気《げんき》な赤《あか》ちゃんを出産《しゅっさん》しました。

体重《たいじゅう》は195グラム。梅梅《メイメイ》は早速《さっそく》、体《からだ》をなめまわして世話《せわ》を焼《や》きました。

日本《にほん》でのパンダの誕生《たんじょう》は、上野動物園《うえのどうぶつえん》の3例《れい》に続《つづ》き4例目《れいめ》。

赤《あか》ちゃんは、白浜《しらはま》の「浜《はま》」の字《じ》をもらって「良浜《ラウヒン》」と名付《なづ》けられました。

そうです。今《いま》の永明《エイメイ》の奥《おく》さん。そして結浜《ユイヒン》の母親《ははおや》となる良浜《ラウヒン》は、こんなふうにして誕生《たんじょう》したのです。

永明《エイメイ》の秘密《ひみつ》 〝優《やさ》しさと粘《ねば》り強《づよ》さ〟

良浜《ラウヒン》の誕生《たんじょう》から1年後《ねんご》のこと。

永明《エイメイ》と梅梅《メイメイ》は、初《はじ》めて繁殖《はんしょく》に挑戦《ちょうせん》することになりました。


のんびり屋《や》の永明《エイメイ》はこのとき8歳《さい》。

梅梅《メイメイ》は6歳《さい》と年下《としした》ですが、すでに中国《ちゅうごく》で出産《しゅっさん》を経験《けいけん》し、白浜《しらはま》でも良浜《ラウヒン》を産《う》んでいます。

ただ、飼育員《しいくいん》たちは、ちょっと心配《しんぱい》していました。

なにしろ梅梅《メイメイ》は、とびきり気《き》が強《つよ》かったのです。

本当《ほんとう》にうまくいくのでしょうか。


2頭《とう》を隔《へだ》てた仕切《しき》りの前《まえ》で、永明《エイメイ》は落《お》ち着《つ》かない様子《ようす》。うろうろと歩《ある》き回《まわ》っていました。

なんとか梅梅《メイメイ》に近《ちか》づき寄《よ》り添《そ》おうとしますが、案《あん》の定《じょう》、ほとんど相手《あいて》にしてもらえません。

ところが、永明《エイメイ》は飼育員《しいくいん》たちも驚《おどろ》くほどの粘《ねば》り強《づよ》さを発揮《はっき》します。

何度《なんど》追《お》い払《はら》われても、タイミングを見計《みはか》らって梅梅《メイメイ》に近《ちか》づこうとします。隙《すき》あらばと、仕切《しき》りの隙間《すきま》から前足《まえあし》を伸《の》ばしボディータッチを試《こころ》みる永明《エイメイ》。優《やさ》しく梅梅《メイメイ》に接《せっ》し、徐々《じょじょ》に緊張《きんちょう》をといていきました。

そして、2頭《とう》の間《あいだ》の仕切《しき》りがはずされたとき、永明《エイメイ》は見事《みごと》に自然交配《しぜんこうはい》に成功《せいこう》しました。白浜《しらはま》にやってきたころは、すぐにおなかが痛《いた》くなり、うずくまってしまっていた永明《エイメイ》。その成長《せいちょう》ぶりに、アドベンチャーワールドの飼育員《しいくいん》たちは驚《おどろ》き、そして大《おお》いに喜《よろこ》びました。

永明《エイメイ》が初《はじ》めての経験《けいけん》で披露《ひろう》した最大《さいだい》の長所《ちょうしょ》。それは「メスに優《やさ》しく、粘《ねば》り強《づよ》い」ことだったのです。

世界《せかい》からも高《たか》く評価《ひょうか》されるお父《とう》さんパンダ＝永明《エイメイ》の歩《あゆ》みが始《はじ》まったのは、まさにこの瞬間《しゅんかん》でした。

永明《エイメイ》と梅梅《メイメイ》に子《こ》どもが誕生《たんじょう》

永明《エイメイ》と梅梅《メイメイ》の交配《こうはい》が成功《せいこう》してから3か月余《げつあま》り。

2001年《ねん》12月《がつ》17日《にち》の早朝《そうちょう》。

アドベンチャーワールドでは、電気《でんき》ストーブを準備《じゅんび》して赤《あか》ちゃんの誕生《たんじょう》を待《ま》ちました。良浜《ラウヒン》のときの経験《けいけん》があるとはいうものの、動物園《どうぶつえん》での冬《ふゆ》の出産《しゅっさん》は、世界《せかい》でも例《れい》がありません。赤《あか》ちゃんの体《からだ》が冷《ひ》えてしまえば、即《そく》、命《いのち》に関《かか》わります。

飼育員《しいくいん》たちが固唾《かたず》をのんで見守《みまも》る中《なか》、梅梅《メイメイ》は無事《ぶじ》にオスの赤《あか》ちゃんを出産《しゅっさん》しました。

良浜《ラウヒン》が白浜《しらはま》パンダファミリーの長女《ちょうじょ》だとすれば、こんどは〝長男《ちょうなん》〟の誕生《たんじょう》。

永明《エイメイ》にとっては初《はじ》めての子《こ》どもです。

長男《ちょうなん》は、雄浜《ユウヒン》と名付《なづ》けられました。

とはいっても、皆《みな》さんご存《ぞん》じのとおり、パンダのオスはまったく子育《こそだ》てをしませんので、長男《ちょうなん》の誕生《たんじょう》にも永明《エイメイ》はそしらぬ顔《かお》。

このときも、のんびりと竹《たけ》を食《た》べていました。

ただ、もう一方《いっぽう》の母親《ははおや》=梅梅《メイメイ》は、まれに見《み》る「子育《こそだ》て上手《じょうず》」のパンダだったのです。

双子《ふたご》の誕生《たんじょう》

2003年《ねん》5月《がつ》、再《ふたた》び永明《エイメイ》と梅梅《メイメイ》の交配《こうはい》が成功《せいこう》します。

それから100日余《にちあま》りたって、梅梅《メイメイ》は、双子《ふたご》の赤《あか》ちゃん、隆浜《リュウヒン》と秋浜《シュウヒン》を出産《しゅっさん》しました。

実《じっ》はパンダの出産《しゅっさん》では、ほぼ2分《ぶん》の1の確率《かくりつ》で双子《ふたご》が生《う》まれます。特《とく》に珍《めずら》しいことではないんです。

ただ、自然界《しぜんかい》では、母親《ははおや》が2頭《とう》を同時《どうじ》に育《そだ》てることはありません。体《からだ》が丈夫《じょうぶ》なほうだけを選《えら》んで母乳《ぼにゅう》を与《あた》え、もう1頭《とう》はそのまま死《し》んでしまいます。

少《すこ》しでもすぐれた個体《こたい》を後世《こうせい》に残《のこ》していく。それが厳《きび》しい自然《しぜん》の掟《おきて》なのかもしれません。

梅梅《メイメイ》が見《み》せた、驚《おどろ》きの２頭《とう》抱《だ》き。

ところが、梅梅《メイメイ》は並《なみ》のお母《かあ》さんパンダではありませんでした。

なんと双子《ふたご》の2頭《とう》を一緒《いっしょ》に抱《だ》き上《あ》げ、しかも同時《どうじ》に母乳《ぼにゅう》を与《あた》えたのです。

自然界《しぜんかい》ではありえないはずの〝パンダの2頭抱《とうだ》き〟。世界《せかい》でも初《はじ》めての快挙《かいきょ》でした。

これには指導《しどう》のために来日《らいにち》していた中国《ちゅうごく》の飼育員《しいくいん》のほうが驚《おどろ》きました。

梅梅《メイメイ》の出産《しゅっさん》・育児《いくじ》に付《つ》き添《そ》った中尾《なかお》さんは、とても愉快《ゆかい》そうに当《とう》時《じ》を振《ふ》り返《かえ》ります。

「梅梅《メイメイ》が2頭同時《とうどうじ》に母乳《ぼにゅう》を与《あた》えているのを見《み》たときには、中国《ちゅうごく》の人《ひと》のほうがドキッとしている様子《ようす》でした。それまで、そのような成功例《せいこうれい》はありませんでしたから。しかも、梅梅《メイメイ》は両方《りょうほう》の赤《あか》ちゃんに、ほぼ均等《きんとう》に母乳《ぼにゅう》を与《あた》えていたんです」

永明《エイメイ》と梅梅《メイメイ》がもたらした転換点《てんかんてん》

梅梅《メイメイ》は、子《こ》どもたちをあやすのも上手《じょうず》でした。

1頭《とう》を抱《だ》きかかえ、もう1頭《とう》を口《くち》にくわえてぐるぐると回《まわ》します。

少《すこ》し乱暴《らんぼう》なようにも見《み》えて、最初《さいしょ》のうちは飼育員《しいくいん》たちは心配《しんぱい》になったといいますが、くわえられた子《こ》どもは、満足《まんぞく》そうな声《こえ》を上《あ》げていました。

さらに子育《こそだ》ての様子《ようす》をじっと観察《かんさつ》すると、梅梅《メイメイ》の深《ふか》い愛情《あいじょう》が伝《つた》わってきました。

梅梅《メイメイ》は、せっせと子《こ》どもたちのおしりをなめ、ウンチやおしっこの世話《せわ》も欠《か》かしません。熱心《ねっしん》な母親《ははおや》のお世話《せわ》のおかげで、双子《ふたご》はすくすくと成長《せいちょう》していきました。

とびきり気《き》が強《つよ》くて、来日当初《らいにちとうしょ》は飼育員《しいくいん》にもちょっかいを出《だ》してきたという梅梅《メイメイ》。

おてんばな梅梅《メイメイ》は、愛情豊《あいじょうゆた》かな母親《ははおや》へと成長《せいちょう》し、その後《ご》、良浜《ラウヒン》を含《ふく》めて7頭《とう》の子《こ》どもを育《そだ》て上《あ》げました。

永明《エイメイ》と梅梅《メイメイ》の出会《であ》いは、アドベンチャーワールドにとって、とても幸《しあわ》せで、大《おお》きな転換《てんかん》点《てん》になりました。

第《だい》4章《しょう》

〝お母《かあ》さんといっしょ〟を実現《じつげん》する「白浜方式《しらはまほうしき》」って？

さて、今回《こんかい》の取材《しゅざい》を進《すす》めていく中《なか》で、私《わたし》たちはアドベンチャーワールドに「白浜方式《しらはまほうしき》」ともいうべき、独自《どくじ》のノウハウが蓄積《ちくせき》されていることを知《し》りました。

それは、ひと言《こと》でいえば、「母《はは》と子《こ》の絆《きずな》を大切《たいせつ》にする」ことです。

ところが、一見《いっけん》、当《あ》たり前《まえ》のようにも見《み》えるこの方式《ほうしき》は、最近《さいきん》まで中国《ちゅうごく》など海外《かいがい》では一《いっ》般的《ぱんてき》ではありませんでした。

いったいどういうことなのか。

少《すこ》し、ご説明《せつめい》しましょう。

パンダを増《ふ》やしたい

パンダという種《しゅ》を守《まも》っていくことの大切《たいせつ》さに気《き》づいた中国《ちゅうごく》。その数《かず》を増《ふ》やすことに力《ちから》を入《い》れるようになっていました。

第《だい》3章《しょう》でも触《ふ》れましたが、野生《やせい》パンダの生息地《せいそくち》、成都《せいと》や臥竜《がりゅう》に作《つく》られたパンダの保護《ほご》・繁殖《はんしょく》に取《と》り組《く》むための研究基地《けんきゅうきち》では、人工授精《じんこうじゅせい》や人工保育《じんこうほいく》で赤《あか》ちゃんを育《そだ》てることにも力《ちから》を入《い》れることになりました。

人《ひと》の手《て》で慎重《しんちょう》に管理《かんり》すれば、赤《あか》ちゃんたちの生存率《せいぞんりつ》を高《たか》めることができるという考《かんが》えからです。

129ページで、自然界《しぜんかい》では、双子《ふたご》のうちの1頭《とう》は見捨《みす》てられてしまうことを紹介《しょうかい》しました。ところが、人《ひと》の手《て》をかければ、見捨《みす》てられるはずだった1頭《とう》も、死《し》なせずに成長《せいちょう》させることができます。

保育器《ほいくき》と人《ひと》の与《あた》えるミルクが、本来《ほんらい》は失《うしな》われてしまうはずだった命《いのち》を救《すく》うことができるのです。

ただ、そこにはハードルがありました。

それは、野生《やせい》のパンダに本来備《ほんらいそな》わっている習性《しゅうせい》です。

自然界《しぜんかい》では、パンダの子《こ》どもは1年《ねん》から1年半《ねんはん》ほどにわたって、母親《ははおや》と一緒《いっしょ》に暮《く》らすとされています。

その間《かん》、母親《ははおや》は子育《こそだ》てにかかりきりになり、オスと接触《せっしょく》することはありません。

そのまま何《なに》もせずに待《ま》っているだけでは、パンダを増《ふ》やすのには時間《じかん》がかかりそうです。

そこで中国《ちゅうごく》では、生《う》まれた子《こ》どもを3か月《げつ》ほどで母親《ははおや》から引《ひ》き離《はな》すことにしました。

パンダの交配《こうはい》に適《てき》した日数《にっすう》は、1年《ねん》でわずか3日《か》ほど。この機会《きかい》を逃《のが》さずに交配《こうはい》の準備《じゅんび》をさせることで、毎年《まいとし》、出産《しゅっさん》させることが可能《かのう》になります。

思惑《おもわく》どおり、この方法《ほうほう》を導入《どうにゅう》することで、施設《しせつ》で飼育《しいく》するパンダの数《かず》は増加《ぞうか》していきました。

こうして育《そだ》てたパンダたちを自然《しぜん》に返《かえ》すことができれば、パンダの絶滅《ぜつめつ》を防《ふせ》ぐという目《もく》標《ひょう》に一歩《いっぽ》近《ちか》づくこともできそうです。

ところが、中国《ちゅうごく》でのこの取《と》り組《く》みに新《あら》たな問題《もんだい》が持《も》ち上《あ》がります。まだ幼《おさな》いうちに母親《ははおや》から引《ひ》き離《はな》されて育《そだ》ったパンダの子《こ》どもの中《なか》に、積極性《せっきょくせい》に欠《か》ける傾《けい》向《こう》がみられるようになってきたのです。

中《なか》には、大人《おとな》になってから、子《こ》どもを作《つく》ろうとしないパンダもいました。母親《ははおや》と一緒《いっしょ》に過《す》ごす時間《じかん》が少《すく》ないことが、子《こ》どもに大《おお》きな影響《えいきょう》を及《およ》ぼしている可能性《かのうせい》が指摘《してき》されるようになってきました。

これでは、パンダを一時的《いちじてき》に増《ふ》やすことができたとしても、本来《ほんらい》の目的《もくてき》を果《は》たすことができません。

パンダの飼育《しいく》は、大《おお》きな課題《かだい》に直面《ちょくめん》していました。

母親《ははおや》と引《ひ》き離《はな》されて育《そだ》った良浜《ラウヒン》

話《はなし》を白浜《しらはま》に戻《もど》します。

白浜《しらはま》で、最初《さいしょ》に誕生《たんじょう》した良浜《ラウヒン》。

梅梅《メイメイ》に対《たい》して中国《ちゅうごく》で行《おこな》われた人工授精《じんこうじゅせい》の結果《けっか》、生《う》まれたパンダです。

当時《とうじ》はまだ、母《はは》と子《こ》を引《ひ》き離《はな》すことのデメリットについては、あまり理解《りかい》されていなかったため、中国《ちゅうごく》で主流《しゅりゅう》だった方針《ほうしん》どおり、良浜《ラウヒン》は、生《う》まれてから4か月《げつ》で、母親《ははおや》の梅梅《メイメイ》と離《はな》れ離《ばな》れになりました。

良浜《ラウヒン》は、最初《さいしょ》は寂《さび》しがり、梅梅《メイメイ》を呼《よ》ぶようにして鳴《な》いたといいます。

飼育員《しいくいん》たちは、なんとか良浜《ラウヒン》の寂《さび》しさを紛《まぎ》らわそうと、運動場《うんどうじょう》にブランコや滑《すべ》り台《だい》などを設置《せっち》しました。

一緒《いっしょ》に遊《あそ》び、健康状態《けんこうじょうたい》に気《き》を配《くば》りながら、大切《たいせつ》に良浜《ラウヒン》の世話《せわ》をしました。

それに対《たい》し、良浜《ラウヒン》と引《ひ》き離《はな》された梅梅《メイメイ》は、意外《いがい》とあっさりしていたといいます。

やがて永明《エイメイ》との交配《こうはい》に成功《せいこう》し、雄浜《ユウヒン》が生《う》まれています。

実《じつ》は、そのときの思《おも》いもかけない偶然《ぐうぜん》が「白浜方式《しらはまほうしき》」の誕生《たんじょう》へとつながるのです。

「白浜方式《しらはまほうしき》」誕生《たんじょう》のきっかけ

白浜《しらはま》パンダファミリーの長男《ちょうなん》といえば、良浜《ラウヒン》の次《つぎ》に生《う》まれた雄浜《ユウヒン》です。

パンダは春《はる》に交配《こうはい》し、夏《なつ》から秋《あき》にかけて出産《しゅっさん》を迎《むか》えることが多《おお》いとされていますが、雄《ユウ》浜《ヒン》が生《う》まれたのは12月《がつ》。

「動物園《どうぶつえん》での冬《ふゆ》の出産《しゅっさん》」は、世界《せかい》でも例《れい》がない出来事《できごと》でした。

実《じつ》は、この出産時期《しゅっさんじき》のずれ込《こ》みが、「白浜方式《しらはまほうしき》」誕生《たんじょう》のきっかけになりました。


中国《ちゅうごく》での方法《ほうほう》に従《したが》って母《はは》と子《こ》を早《はや》く引《ひ》き離《はな》すといっても、少《すく》なくとも3か月《げつ》は一緒《いっしょ》に過《す》ごさせなければなりません。

あまりに幼《おさな》い時期《じき》に、すべてを人間《にんげん》が引《ひ》き受《う》けてしまうことには危険《きけん》があります。

無理矢理《むりやり》、引《ひ》き離《はな》すことによって母乳《ぼにゅう》が止《と》まってしまえば大問題《だいもんだい》ですし、母乳《ぼにゅう》には免疫《めんえき》力《りょく》を高《たか》める成分《せいぶん》が入《はい》っていますから子《こ》どもの健康《けんこう》を維持《いじ》するうえでも大切《たいせつ》です。
また、赤《あか》ちゃんは自分《じぶん》で排泄《はいせつ》をすることができないため、母親《ははおや》がおしりをなめてあげる必要《ひつよう》があります。人間《にんげん》が代《か》われないことも多《おお》くあるのです。

これに加《くわ》え、次《つぎ》の交配《こうはい》のためには、梅梅《メイメイ》の体力《たいりょく》の回復《かいふく》を待《ま》つための時間《じかん》が必要《ひつよう》でした。出産《しゅっさん》と授乳《じゅにゅう》で蓄積《ちくせき》した疲労《ひろう》やストレスをやわらげ、わずかなチャンスしかない交配《こうはい》を成《せい》功《こう》させるには、しっかりとした準備《じゅんび》が欠《か》かせません。

中国側《ちゅうごくがわ》と話《はな》し合《あ》った白浜《しらはま》は、無理《むり》をしないことにしました。翌年《よくとし》に予定《よてい》していた交配計画《こうはいけいかく》をいったん諦《あきら》め、母親《ははおや》の梅梅《メイメイ》と子《こ》どもの雄浜《ユウヒン》を一緒《いっしょ》にいさせることにしました。

その結果《けっか》、雄浜《ユウヒン》は1年以上《ねんいじょう》の長《なが》い時間《じかん》を、母親《ははおや》と一緒《いっしょ》に過《す》ごすことになりました。
こうして梅梅《メイメイ》の愛情《あいじょう》をたっぷりと受《う》けて過《す》ごした雄浜《ユウヒン》は、活発《かっぱつ》で物怖《ものお》じしないパンダに成長《せいちょう》しました。

偶然《ぐうぜん》が成功《せいこう》の母《はは》になった！

なるべく多《おお》くの時間《じかん》を母親《ははおや》と過《す》ごさせることは、実《じつ》は飼育下《しいくか》の子《こ》どもたちにとって、いいことなのではないか。野生《やせい》のパンダは1年《ねん》から1年半程度《ねんはんていど》は、母子一緒《おやこいっしょ》に過《す》ごしますから、自然《しぜん》の摂理《せつり》にもかなっています。

白浜《しらはま》では、中国側《ちゅうごくがわ》と相談《そうだん》し、次《つぎ》に生《う》まれた双子《ふたご》の隆浜《リュウヒン》と秋浜《シュウヒン》についても、1歳《さい》になるまで梅梅《メイメイ》と一緒《いっしょ》に過《す》ごさせることにしました。

子育《こそだ》て上手《じょうず》の母親《ははおや》・梅梅《メイメイ》への信頼《しんらい》があったことはいうまでもありません。

こうして、できるかぎり母《はは》と子《こ》を長《なが》く一緒《いっしょ》に過《す》ごさせる「白浜方式《しらはまほうしき》」が誕生《たんじょう》しました。

その背景《はいけい》には、偶然《ぐうぜん》の出来事《できごと》を素直《すなお》に受《う》け入《い》れ、成功《せいこう》へとつなげるという飼育員《しいくいん》たちの柔軟《じゅうなん》な姿勢《しせい》がありました。

覚《おぼ》えていますか。

結浜《ユイヒン》の出産《しゅっさん》・子育《こそだ》てで、台風《たいふう》のあとの掃除《そうじ》や炎症《えんしょう》の治療《ちりょう》を行《おこな》う際《さい》、母子《おやこ》を引《ひ》き離《はな》す時間《じかん》を少《すこ》しでも短《みじか》くしようとしたことを（忘《わす》れちゃった人《ひと》は第《だい》２章《しょう》を見《み》てくださいね）。「白浜方式《しらはまほうしき》」の大切《たいせつ》さを理解《りかい》する飼育員《しいくいん》たちの思《おも》いが、そこには込《こ》められていたのです。

熊川智子《くまかわともこ》さんの後悔《こうかい》

この本《ほん》にもたびたび登場《とうじょう》している飼育員《しいくいん》の熊川智子《くまかわともこ》さんは、東京生《とうきょうう》まれ。

動物《どうぶつ》に携《たずさ》わる仕事《しごと》がしたいと、１９９３年《ねん》に白浜《しらはま》のアドベンチャーワールドに入社《にゅうしゃ》しました。

その翌年《よくとし》には、永明《エイメイ》と蓉浜《ヨウヒン》が来日《らいにち》。

２００３年《ねん》の隆浜《リュウヒン》と秋浜《シュウヒン》のときに初《はじ》めて担当《たんとう》になって以来《いらい》、白浜《しらはま》のパンダたちを見守《みまも》ってきました。

子《こ》どものころの良浜《ラウヒン》と熊川《くまかわ》さん。

その熊川《くまかわ》さんには、忘《わす》れられない出来事《できごと》があります。

２００５年《ねん》8月《がつ》23日《にち》、まだ経験《けいけん》の浅《あさ》かった熊川《くまかわ》さんは、梅梅《メイメイ》の４回目《かいめ》の出産《しゅっさん》に立《た》ち会《あ》っていました。陣痛《じんつう》は夜《よる》まで続《つづ》き、梅梅《メイメイ》が出産《しゅっさん》したのは、午後《ごご》11時《じ》56分《ぷん》。日付《ひづけ》が変《か》わる直前《ちょくぜん》でした。

梅梅《メイメイ》は、ベテランの母親《ははおや》らしく、生《う》まれたばかりの赤《あか》ちゃんをしっかりと抱《だ》きかかえています。

このとき、泊《と》まり勤務《きんむ》を任《まか》されていた熊川《くまかわ》さん。双子《ふたご》の可能性《かのうせい》もあるため、しばらくは見守《みまも》っていましたが、数時間《すうじかん》がたっても、生《う》まれる気配《けはい》はありません。

今回《こんかい》は、双子《ふたご》ではないと思《おも》い込《こ》んでいました。

そこにはちょっとした油断《ゆだん》があったのかもしれません。

疲《つか》れもかなりたまっていました。

朝《あさ》になって交代《こうたい》のためにやってきた同僚《どうりょう》が、大《おお》きな声《こえ》を上《あ》げました。梅梅《メイメイ》の胸元《むなもと》に、小《ちい》さなもう1頭《とう》の赤《あか》ちゃんの姿《すがた》があったのです。2頭目《とうめ》の赤《あか》ちゃんは、鳴《な》き声《ごえ》が小《ちい》さく、体重《たいじゅう》も1頭目《とうめ》の半分《はんぶん》ほどしかありませんでした。しかも気《き》づくのが遅《おく》れたため、体温《たいおん》が下《さ》がってしまっていました。その後《ご》の懸命《けんめい》な努力《どりょく》にもかかわらず、小《ちい》さな赤《あか》ちゃんは、その日《ひ》の夜《よる》、死《し》んでしまいました。

熊川《くまかわ》さんは、そのときの悲《かな》しみを、一時《いっとき》たりとも忘《わす》れたことはないといいます。

「赤《あか》ちゃんを見《み》つけられる可能性《かのうせい》はあったはず。なんで見《み》つけてあげられなかったのだろうって、何度《なんど》も後悔《こうかい》しました。業務《ぎょうむ》が忙《いそが》しく、油断《ゆだん》しそうになる瞬間《しゅんかん》があったときには、『ああ、いけない』って、あのときの出来事《できごと》を思《おも》い返《かえ》します。私《わたし》にとっては、振《ふ》り返《かえ》らなくてはならない原点《げんてん》なんです」

「白浜方式《しらはまほうしき》」に込《こ》められた決意《けつい》

私《わたし》たちが読者《どくしゃ》のみなさんにこのエピソードを紹介《しょうかい》したのは、「白浜方式《しらはまほうしき》」を考《かんが》えるうえで、欠《か》かせない要素《ようそ》だと感《かん》じたからです。

密着取材《みっちゃくしゅざい》の過程《かてい》で、私《わたし》たちは「白浜方式《しらはまほうしき》」とは何《なに》か、ずっと考《かんが》えてきました。単《たん》に「母《はは》と子《こ》の絆《きずな》を大切《たいせつ》にする」とか、「できるだけ長期間《ちょうきかん》、母《はは》と子《こ》を一緒《いっしょ》に過《す》ごさせる」ということだけなのか？

いや、きっとそこには、母《はは》と子《こ》がしっかりと絆《きずな》を育《はぐく》めるように、飼育員《しいくいん》は油断《ゆだん》せず、細《さい》心《しん》の注意《ちゅうい》を払《はら》ってサポートするということも含《ふく》まれているのではないか。

熊川《くまかわ》さんの悲《かな》しい体験《たいけん》。

そして、これまでチーム・パンダのメンバーが培《つちか》ってきた経験《けいけん》。

パンダの飼育《しいく》に当《あ》たる一人一人《ひとりひとり》は、常《つね》にそのことを意識《いしき》しています。

熊川《くまかわ》さんは、ふだんからパンダの様子《ようす》をしっかりと観察《かんさつ》し、信頼関係《しんらいかんけい》を築《きず》くことが重要《じゅうよう》だと話《はな》します。

「パンダの一挙手《いっきょしゅ》、一投足《いっとうそく》をしっかりとらえて、目線《めせん》をこっちに向《む》けてきたら、『竹《たけ》か』、『水《みず》か』という感《かん》じで心《こころ》の中《なか》で会話《かいわ》しています。どれだけ観察力《かんさつりょく》があるか。どれだけ気《き》づくことができるのかということが、飼育員《しいくいん》にとって、とても重要《じゅうよう》なのです」

「白浜方式《しらはまほうしき》」の本質《ほんしつ》は、〝命《いのち》を守《まも》る〟ことにある。

そのためには、一人一人《ひとりひとり》がその目標《もくひょう》に向《む》かって全力《ぜんりょく》で努力《どりょく》しなければならない。

そこには白浜《しらはま》の飼育員《しいくいん》たちの確固《かっこ》たる決意《けつい》が、込《こ》められているのです。

さようなら梅梅《メイメイ》

「白浜方式《しらはまほうしき》」を生《う》みだすきっかけをつくってくれたお母《かあ》さんパンダ、梅梅《メイメイ》。

しかし、2008年《ねん》10月《がつ》15日《にち》午前《ごぜん》5時《じ》29分《ふん》、梅梅《メイメイ》はなくなってしまいました。腸《ちょう》の一部《いちぶ》が塞《ふさ》がってしまう病気《びょうき》「腸閉塞《ちょうへいそく》」でした。

このとき梅梅《メイメイ》は14歳《さい》。白浜《しらはま》にやってきてから8年《ねん》がたっていました。パンダの寿命《じゅみょう》は野生《やせい》で15歳《さい》から20歳《にじっさい》、飼育下《しいくか》では20歳《にじっさい》から30歳《さんじっさい》といわれますから、早《はや》すぎた死《し》といえるかもしれません。

この間《あいだ》にもうけた子《こ》どもは良浜《ラウヒン》、雄浜《ユウヒン》、双子《ふたご》の隆浜《リュウヒン》と秋浜《シュウヒン》、幸浜《コウヒン》、そして双子《ふたご》の愛浜《アイヒン》と明浜《メイヒン》の7頭《とう》。

良浜《ラウヒン》以外《いがい》は、永明《エイメイ》との間《あいだ》にもうけた子《こ》どもたちでした。

白浜《しらはま》のアドベンチャーワールドには、献花台《けんかだい》やメッセージを書《か》いてもらうためのボードが設置《せっち》され、多《おお》くの人《ひと》が梅梅《メイメイ》との別《わか》れを惜《お》しみました。

当時《とうじ》、飼育部長《しいくぶちょう》だった今津孝二《いまづこうじ》さん（現《げん》・園長《えんちょう》）は、

「たくさんの子《こ》どもを育《はぐく》み、家族《かぞく》の輪《わ》を広《ひろ》げてくれた。梅梅《メイメイ》に祈《いの》りをささげるとともに、

温《あたた》かく見守《みまも》ってくれた多《おお》くの人《ひと》たちに感謝《かんしゃ》したい」と話《はな》しました。

少《すこ》し気《き》が強《つよ》い白浜《しらはま》パンダファミリーのお母《かあ》さん・梅梅《メイメイ》は、白浜《しらはま》に大《おお》きな実績《じっせき》と誇《ほこ》りを残《のこ》して天国《てんごく》へと旅立《たびだ》ちました。

新《あら》たな希望《きぼう》のはずが……

梅梅《メイメイ》は死《し》んでしまいましたが、白浜《しらはま》には永明《エイメイ》がいます。

そして、新《あら》たな希望《きぼう》は、梅梅《メイメイ》の娘《むすめ》、良浜《ラウヒン》です。子育《こそだ》て上手《じょうず》の梅梅《メイメイ》の血《ち》を引《ひ》く良浜《ラウヒン》も、きっと同《おな》じように期待《きたい》できるに違《ちが》いありません。

ところが、やはり、話《はなし》はそう簡単《かんたん》ではありませんでした。

良浜《ラウヒン》は、当時《とうじ》の飼育方針《しいくほうしん》に基《もと》づいて、生《う》まれてから4か月《げつ》で母親《ははおや》から引《ひ》き離《はな》されました。

このころはまだ、「白浜方式《しらはまほうしき》」は始《はじ》まっていません。

順調《じゅんちょう》に成長《せいちょう》はしたのですが、雄浜《ユウヒン》以降《いこう》のパンダたちのように十分《じゅうぶん》な時間《じかん》を母親《ははおや》と一緒《いっしょ》に過《す》ごすことはありませんでした。

良浜《ラウヒン》は、永明《エイメイ》との交配《こうはい》には成功《せいこう》しました。

妊娠《にんしん》も確認《かくにん》されました。

しかし、出産《しゅっさん》を直前《ちょくぜん》に控《ひか》えても落《お》ち着《つ》きがなく、うろうろするばかり。飼育員《しいくいん》のほうが不安《ふあん》になるほどです。


そして、ようやく訪《おとず》れた出産《しゅっさん》の瞬間《しゅんかん》。

前足《まえあし》と後《うし》ろ足《あし》を地面《じめん》に着《つ》けて、四《よ》つんばいの姿勢《しせい》をとった良浜《ラウヒン》は、1頭《とう》を産《う》み落《お》としました。

赤《あか》ちゃんはポトリと床《ゆか》に落《お》ち、元気《げんき》な鳴《な》き声《ごえ》を上《あ》げて体《からだ》をくねらせるようにして動《うご》きます。

しかし、良浜《ラウヒン》はなかなか赤《あか》ちゃんをくわえようとしません。

まるで、不思議《ふしぎ》な生《い》き物《もの》に驚《おどろ》いているかのようにも見《み》えます。

飼育員《しいくいん》は声《こえ》をかけて良浜《ラウヒン》を応援《おうえん》しますが、抱《だ》き上《あ》げるだけでもずいぶんと時間《じかん》がかかってしまいました。

さらに1時間余《じかんあま》りたってから、なんと、もう1頭《とう》が生《う》まれました。良浜《ラウヒン》にとっての初産《ういざん》は双子《ふたご》。これはなかなかの試練《しれん》です。

案《あん》の定《じょう》、良浜《ラウヒン》は、あとから生《う》まれた1頭《とう》に興味《きょうみ》を示《しめ》そうとしません。結局《けっきょく》、飼育員《しいくいん》が取《と》り上《あ》げ、保育器《ほいくき》に移《うつ》すことにしました。

良浜《ラウヒン》をサポートせよ

何《なに》をするにも慣《な》れない手《て》つき。

うまく授乳《じゅにゅう》をできずに、赤《あか》ちゃんを鳴《な》かせてばかりいた良浜《ラウヒン》ですが、白浜《しらはま》の飼育員《しいくいん》には、それまでの経験《けいけん》と、梅梅《メイメイ》と一緒《いっしょ》に培《つちか》った自信《じしん》がありました。

良浜《ラウヒン》に双子《ふたご》を無事《ぶじ》に育《そだ》て上《あ》げてもらおう。

中国《ちゅうごく》で考《かんが》え出《だ》された「入《い》れ替《か》え保育《ほいく》」という方法《ほうほう》に挑戦《ちょうせん》することが決《き》まりました。

この方法《ほうほう》では、1頭《とう》の赤《あか》ちゃんを良浜《ラウヒン》に抱《だ》かせ、その間《あいだ》、もう1頭《とう》は保育器《ほいくき》に入《い》れておきます。

そして、1頭目《とうめ》が母乳《ぼにゅう》を飲《の》み終《お》えたところを見計《みはか》らって、好物《こうぶつ》の蜂蜜《はちみつ》で良浜《ラウヒン》の気《き》を引《ひ》き、その隙《すき》にオリの隙間《すきま》から手《て》を入《い》れて満腹《まんぷく》になった赤《あか》ちゃんを取《と》り上《あ》げます。

やがて、良浜《ラウヒン》は子《こ》どもがいないのに気《き》づいて探《さが》し始《はじ》めるのですが、そこで、すかさず保《ほ》育器《いくき》に入《い》れていた2頭目《とうめ》を返《かえ》してあげるのです。

良浜《ラウヒン》は、「あれっ、そっちにいたの」という表情《ひょうじょう》で赤《あか》ちゃんに近寄《ちかよ》り、そっとくわえて抱《だ》き上《あ》げ、授乳《じゅにゅう》を始《はじ》めます。

白浜《しらはま》では、これを何回《なんかい》も繰《く》り返《かえ》すことで、良浜《ラウヒン》とそれぞれの赤《あか》ちゃんが一緒《いっしょ》に過《す》ごす時《じ》間《かん》をなるべく多《おお》く確保《かくほ》しています。

白浜方式《しらはまほうしき》を実践《じっせん》する飼育員《しいくいん》たちは、さらに良浜《ラウヒン》のサポートに当《あ》たります。

良浜《ラウヒン》がうまく授乳《じゅにゅう》できるように、そっとおっぱいまで誘導《ゆうどう》。

眠《ねむ》ってしまい、赤《あか》ちゃんが転《ころ》げ落《お》ちたことに気《き》づかないときには、赤《あか》ちゃんの鳴《な》きまねをして良浜《ラウヒン》を起《お》こし、抱《だ》き上《あ》げさせることもありました。


子《こ》どもたちが成長《せいちょう》し、体《からだ》が丈夫《じょうぶ》になってくると、なるべく多《おお》くの時間《じかん》を母子《おやこ》一緒《いっしょ》に過《す》ごさせるため、梅梅《メイメイ》のような2頭《とう》抱《だ》きにもチャレンジさせました。

2頭《とう》抱《だ》きをさせることによって、子《こ》どもは2頭《とう》いるんだということを良浜《ラウヒン》に認識《にんしき》させ、2頭《とう》ともに愛情《あいじょう》を注《そそ》げるようにという意図《いと》もあるそうです。

もちろん、子《こ》どもたちが母親《ははおや》と過《す》ごす時間《じかん》も、長《なが》くできます。

白浜《しらはま》の飼育員《しいくいん》たちの行《おこな》った献身的《けんしんてき》な取《と》り組《く》み。

その努力《どりょく》のかいもあって、良浜《ラウヒン》はしっかりと2頭《とう》を育《そだ》て上《あ》げました。

飼育員《しいくいん》たちの支《ささ》えによって２頭抱《とうだ》きで双子《ふたご》を育《そだ》てた良浜《ラウヒン》。

良浜《ラウヒン》 母親《ははおや》としての成長《せいちょう》

これまでに良浜《ラウヒン》は、「梅浜《メイヒン》＝メス」と「永浜《エイヒン》＝オス」、「海浜《カイヒン》＝オス」と「陽浜《ヨウヒン》＝メス」、そして、「桜浜《オウヒン》＝メス」と「桃《トウ》浜《ヒン》＝メス」の３組《くみ》の双子《ふたご》を、この方法《ほうほう》で育《そだ》てました。

飼育員《しいくいん》の十分《じゅうぶん》なサポートが必要《ひつよう》だという点《てん》では、自分《じぶん》の母《はは》の梅梅《メイメイ》には及《およ》ばないかもしれません。しかし、ほかの施設《しせつ》で飼育《しいく》されている世界《せかい》のパンダたちと比《くら》べて、その実績《じっせき》は、決《けっ》して引《ひ》けをとるものではありません。

それどころか、堂々《どうどう》とした子育《こそだ》てぶり

だといってよいでしょう。

母親《ははおや》からはやばやと引《ひ》き離《はな》されてしまった良浜《ラウヒン》。飼育員《しいくいん》たちは、献身的《けんしんてき》なサポートで、良浜《ラウヒン》が本来持《ほんらいも》っている「母性《ぼせい》」を引《ひ》き出《だ》すことに成功《せいこう》しました。

梅梅《メイメイ》とともに過《す》ごす時間《じかん》の中《なか》で誕生《たんじょう》し、育《はぐく》まれた「白浜方式《しらはまほうしき》」は、その娘《むすめ》、良浜《ラウヒン》に引《ひ》き継《つ》がれ、今《いま》、大輪《たいりん》の花《はな》を咲《さ》かせています。

第《だい》5章《しょう》

世界《せかい》で活躍《かつやく》する白浜《しらはま》パンダ

すくすく育《そだ》つ結浜《ユイヒン》

再《ふたた》び、成長《せいちょう》を続《つづ》ける赤《あか》ちゃんパンダ結浜《ユイヒン》の話《はなし》に戻《もど》りましょう。

一般公開《いっぱんこうかい》が終《お》わった10月中旬《がっちゅうじゅん》。

強《つよ》かった夏《なつ》の日差《ひざ》しはなくなり、ひんやりとした秋《あき》の気配《けはい》が白浜《しらはま》にも訪《おとず》れていました。

結浜《ユイヒン》は日《ひ》に日《ひ》に成長《せいちょう》し、生後約《せいごやく》1か月《げつ》で体重《たいじゅう》は1155グラムに。197グラムで生《う》まれたあのころと比《くら》べると、なんと6倍《ばい》にもなりました。うっすら浮《う》かんでいた黒《くろ》と白《しろ》のパンダ模様《もよう》も日増《ひま》しに濃《こ》くなり、パンダらしい外見《がいけん》になりつつありました。

飼育《しいく》リーダー遠藤《えんどう》さんも結浜《ユイヒン》の成長《せいちょう》に手応《てごた》えを感《かん》じていました。

「まだまだ安心《あんしん》はできないですけど、一番《いちばん》の山場《やまば》は越《こ》えましたね。色々《いろいろ》ハプニングとかはありましたけど、ちゃんと順調《じゅんちょう》に育《そだ》っていると思《おも》います」

お母《かあ》さんの良浜《ラウヒン》の育児《いくじ》も順調《じゅんちょう》そのものでした。

生《う》まれた直後《ちょくご》は赤《あか》ちゃんをずっと大事《だいじ》に抱《かか》えていたのに、最近《さいきん》では少《すこ》しの時間《じかん》なら床《ゆか》に置《お》いてしまうことも。もう、四六時中《しろくじちゅう》抱《だ》いていなくても大丈夫《だいじょうぶ》と分《わ》かっているのでしょう。

抱《だ》いたり、なめたりして赤《あか》ちゃんの体温《たいおん》を維持《いじ》していたのは昔《むかし》の話《はなし》。今《いま》は、体毛《たいもう》も増《ふ》え床《ゆか》に置《お》いたくらいで体温《たいおん》が下《さ》がったりはしません。わが子《こ》の成長《せいちょう》を把握《はあく》して、良浜《ラウヒン》が対応《たいおう》を変《か》えている様子《ようす》が人間《にんげん》と同《おな》じように見《み》えます。育児《いくじ》にかかりきりのときには落《お》ちていた良浜《ラウヒン》の食欲《しょくよく》も復活《ふっかつ》していました。飼育員《しいくいん》たちがかき集《あつ》めてきた竹《たけ》をモリモリ食《た》べながら、母乳《ぼにゅう》を与《あた》えています。新米《しんまい》ママにはマネできない芸当《げいとう》です。

一方《いっぽう》、母子《おやこ》を支《ささ》える飼育員《しいくいん》たち人間《にんげん》は、ややお疲《つか》れ気味《ぎみ》の様子《ようす》でした。遠藤《えんどう》さんは赤《あか》ちゃんが生《う》まれてから1か月《げつ》、気《き》の休《やす》まる日《ひ》がありませんでした。もちろんチームで担当《たんとう》しているので、休日《きゅうじつ》がまったくなかったわけではありません。交代《こうたい》で休《やす》みをとる仕組《しく》みがとられていますが、休《やす》みの日《ひ》も、母子《おやこ》のことが頭《あたま》から離《はな》れなかったのです。

「そろそろご飯《はん》の時間《じかん》かなとか、今日《きょう》パンダたちはちゃんと竹《たけ》を食《た》べているかなとか。まさに〝職業病《しょくぎょうびょう》〟ってやつですよね」

本人《ほんにん》も、苦笑《にがわら》いするしかない「パンダ愛《あい》」がそこにはありました。

パンダの飼育員《しいくいん》は、熊川《くまかわ》さんなどのベテランもいますが、パンダの出産《しゅっさん》に関《かか》わるのが初《はじ》めてというメンバーも多《おお》いのが実情《じつじょう》。熊川《くまかわ》さんは、パンダ以外《いがい》の動物《どうぶつ》の飼育《しいく》も目配《めくば》りする立場《たちば》となっているので、自然《しぜん》と良浜《ラウヒン》母子《おやこ》については遠藤《えんどう》さんの責任《せきにん》と負担《ふたん》が増《ふ》えていました。いつも笑顔《えがお》を絶《た》やさない遠藤《えんどう》さんの顔《かお》に、疲《つか》れの色《いろ》が見《み》えるのが、私《わたし》たち取材班《しゅざいはん》の気《き》がかりでした。

ある夜《よる》、遠藤《えんどう》さんが泊《と》まり勤務《きんむ》の日《ひ》に、密着《みっちゃく》させてもらうことにしました。この時期《じき》になると、見守《みまも》りは欠《か》かせませんが、以前《いぜん》に比《くら》べると飼育員《しいくいん》の作業量《さぎょうりょう》は少《すく》なくなっていました。

遠藤《えんどう》さんに、じっくりインタビューするチャンスだと考《かんが》え、良浜《ラウヒン》と結浜《ユイヒン》が眠《ねむ》りについたころを見計《みはか》らって、これまで聞《き》けなかったことを改《あらた》めて聞《き》きました。

「パンダの世話《せわ》をするのが大変《たいへん》だと思《おも》ったことはあんまりないですよ。だって好《す》きでやっているから。パンダが好《す》きだから。たぶん好《す》きじゃないとこの仕事《しごと》は続《つづ》けられないと思《おも》いますよ。んふふふ」

パンダへの愛《あい》、あふれんばかりの想《おも》いを遠藤《えんどう》さんはストレートに口《くち》にしてくれました。愚痴《ぐち》めいたものは一切出《いっさいで》てこない。大変《たいへん》な仕事《しごと》であることは、この1か月《げつ》あまり、ずっとそばにいた私《わたし》たちが一番《いちばん》よく分《わ》かっているつもりですが、本人《ほんにん》は心《こころ》から楽《たの》しんでいました。

19ページでもふれたように、遠藤《えんどう》さんはパンダの飼育員《しいくいん》になるべくしてなった人《ひと》です。幼《おさな》いころからの夢《ゆめ》は、パンダの飼育員《しいくいん》になること。

きっかけは小学《しょうがく》1年生《ねんせい》の時《とき》に上野動物園《うえのどうぶつえん》で見《み》たトントンです。

「行列《ぎょうれつ》でホントに一瞬《いっしゅん》であまり見《み》ることもできなかったんですけどね。パンダって白《しろ》と黒《くろ》の色《いろ》がまず不思議《ふしぎ》だし、行動《こうどう》も面白《おもしろ》い動物《どうぶつ》だなって思《おも》って。大好《だいす》きになったんですよ」

初《はじ》めて上野動物園《うえのどうぶつえん》でパンダに出会《であ》った小学《しょうがく》１年生《ねんせい》の遠藤《えんどう》さん（写真右《しゃしんみぎ》）。

子《こ》どものころの夢《ゆめ》を持《も》ち続《つづ》け、念願《ねんがん》かなってパンダの飼育員《しいくいん》になってもなお、遠藤《えんどう》さんは日々《ひび》、勉強《べんきょう》を続《つづ》けていました。教材《きょうざい》は、これまで何度《なんど》も登場《とうじょう》した観察記録《かんさつきろく》です。

観察記録《かんさつきろく》の中《なか》を見《み》せてもらうと、書《か》かれているのは主《おも》に3つのこと。

パンダの食事《しょくじ》と睡眠《すいみん》と行動《こうどう》。

1日《にち》にどれくらいの竹《たけ》を食《た》べたのか、どんな姿勢《しせい》でどれくらい眠《ねむ》ったのか、どれくらい歩《ある》いたか、など細《こま》かく記録《きろく》してあります。

食《た》べて寝《ね》る、を毎日繰《まいにちく》り返《かえ》すパンダを、油断《ゆだん》せず見守《みまも》り続《つづ》けてきたことが伝《つた》わってきました。歴代《れきだい》の飼育員《しいくいん》が20年《ねん》以上《いじょう》にわたって記録《きろく》し続《つづ》け、受《う》け継《つ》がれてきたもの。古《ふる》びたファイルがとても尊《とうと》いものに思《おも》えました。

遠藤《えんどう》さん、中国《ちゅうごく》へ行《い》く

とにかく研究熱心《けんきゅうねっしん》で過去《かこ》の記録《きろく》を見《み》ていることが多《おお》かった遠藤《えんどう》さんですが、チームのリーダーのほかに、もうひとつ、責任《せきにん》ある任務《にんむ》をまかされていました。パンダの故郷《こきょう》、中国《ちゅうごく》

観察記録《かんさつきろく》の中《なか》はこんなふうに書《か》かれています。

良浜《ラウヒン》が結浜《ユイヒン》を出産《しゅっさん》したときの様子《ようす》が分刻《ふんきざ》みで書《か》き込《こ》まれている。片時《かたとき》も目《め》を離《はな》さず、飼育《しいく》員《いん》たちが見守《みまも》り、どう行動《こうどう》すればよいかを考《かんが》えていたことがここから読《よ》み取《と》れる。

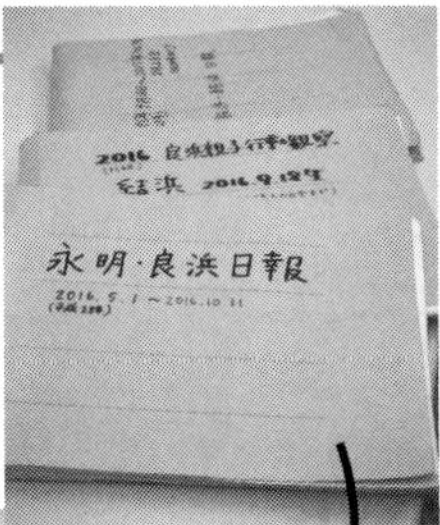

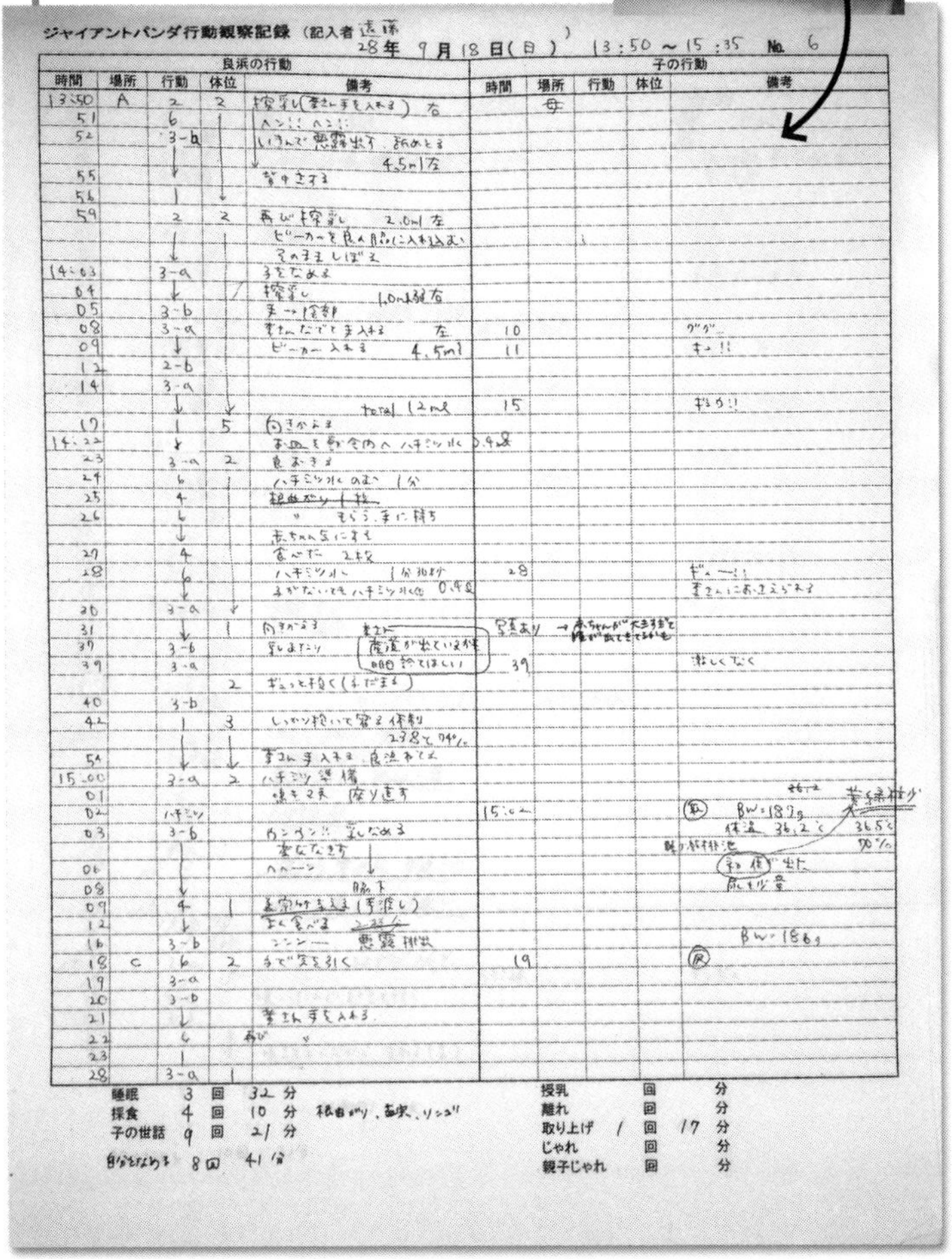

ジャイアントパンダ行動観察記録（記入者 遠藤　　）
28年 9月18日(日) 13:50～15:35 No. 6

良浜の行動					子の行動				
時間	場所	行動	体位	備考	時間	場所	行動	体位	備考
13:50	A	2	2	授乳(飼育員さん手を入れる) 右		母			
51		6		ヘンに ヘンに					
52		3-b		いきんで悪露出す 舐めとる					
				4.5ml 左					
55				背中さする					
56		1							
59		2	2	再び授乳 2.0ml 左					
				ビーカーを良々脇に入れ込む					
				そのまましぼる					
14:03		3-a		子をなめる					
04				授乳 1.0ml 左					
05		3-b		手→陰部					
08		3-a		飼育員さんなでて手入れる 左	10				グゲ…
09				ビーカー入れる 4.5ml	11				キュ!!
12		2-b							
14		3-a							
				total 12ml	15				ギュウ!!
17		1	5	向きかえる					
14:22		8		お皿を室内へ ハチミツ水 0.4ℓ					
23		3-a	2	良起きる					
24		6		ハチミツ水のむ 1分					
25		4		~~根曲がり1枚~~					
26		6		〃 もらう、手に持ち					
				赤ちゃん気にする					
27		4		食べた 2枚					
28		6		ハチミツ水 1分30秒	28				ギュー!!
				子がないてもハチミツ水(0.4ℓ)					飼育員さんにおさえられる
30		3-a							
31			1	向きかえる	写真あり → 赤ちゃんが大きすぎて腸が出てきてるかも				
37		3-b		乳をまたり　産道が出ていそうな 細目に捨ててほしい					
39		3-a			39				激しくなく
			2	ギュッと抱く(子だまる)					
40		3-b							
42		1	3	しっかり抱いて寝る体制					
				23.8℃ 74%					
54				飼育員さん手入れる 良添わせる					
15:00		3-a	2	ハチミツ準備					
01				起きる 座り直す					
02		ハチミツ			15:02				(取) BW=189g
03		3-b		カンカン!! 乳なめる					体温 36.2℃ 36.5℃
				変な鳴き方					90%
06				へへーン					(初便)出た
08				脇下					尿も少量
09		4	1	竹を与える(手渡し)					
12				よく食べる					
16		3-b		ンンン… 悪露排出					BW=186g
18	C	6	2	手で笑を引く	19				(戻)
19		3-a							
20		3-b							
21				飼育員さん手を入れる					
22		6							
23		1							
28		3-a	1						

睡眠	3 回	32 分			授乳	回	分	
採食	4 回	10 分	根曲がり、苗条、リンゴ		離れ	回	分	
子の世話	9 回	21 分			取り上げ	1 回	17 分	
					じゃれ	回	分	
自分をなめる	8 回	41 分			親子じゃれ	回	分	

で開催《かいさい》される国際会議《こくさいかいぎ》にアドベンチャーワールドを代表《だいひょう》して出席《しゅっせき》することになったのです。

アメリカ、ヨーロッパ、アジアなど、世界中《せかいじゅう》からパンダの飼育《しいく》、繁殖《はんしょく》に関《かか》わる人《ひと》が集《あつま》るこの会議《かいぎ》。最新情報《さいしんじょうほう》を学《まな》ぶ、またとない機会《きかい》です。今回《こんかい》の会議《かいぎ》では、新《あら》たに赤《あか》ちゃんが生《う》まれて、記録《きろく》を更新《こうしん》した白浜《しらはま》の「白浜方式飼育法《しらはまほうしきしいくほう》」についてぜひ聞《き》きたいということで、講演《こうえん》の依頼《いらい》が来《き》ました。会議《かいぎ》が開《ひら》かれるのは11月《がつ》。良浜《ラウヒン》母子《おやこ》の状態《じょうたい》も落《お》ち着《つ》いているので、遠藤《えんどう》さんが中国《ちゅうごく》に行《い》けることになったのです。

国際会議《こくさいかいぎ》ですから、発表《はっぴょう》はもちろん英語《えいご》。ふだん、来園者《らいえんしゃ》にパンダの生態《せいたい》などを説明《せつめい》していますが、専門家《せんもんか》相手《あいて》に話《はな》すのは勝手《かって》が違《ちが》います。自分《じぶん》たちが独自《どくじ》に培《つちか》ってきた「白浜《しらはま》方式《ほうしき》」を世界《せかい》にどう伝《つた》えるのか、辞書《じしょ》を片手《かたて》に悩《なや》む日々《ひび》が続《つづ》いていました。

11月《がつ》6日《か》、ついに中国《ちゅうごく》へ出発《しゅっぱつ》する日《ひ》がやってきました。遠藤《えんどう》さんをサポートするため、ベテランの熊川《くまかわ》さんも同行《どうこう》します。目指《めざ》すのはパンダの〝故郷《こきょう》〟、中国四川省《ちゅうごくしせんしょう》の成都《せいと》。

密着取材《みっちゃくしゅざい》を続《つづ》ける私《わたし》たちも、同行《どうこう》させてもらいました。

会期《かいき》は4日間《かかん》。

初日《しょにち》はパンダの保護《ほご》、繁殖活動《はんしょくかつどう》をしている施設《しせつ》の見学《けんがく》。2日目《かめ》と3日目《かめ》は会議《かいぎ》。遠藤《えんどう》さんの発表《はっぴょう》はここで行《おこな》われます。

最終日《さいしゅうび》は「都江堰野生復帰《とこうえんやせいふっき》センター」という、中国《ちゅうごく》にしかない施設《しせつ》の訪問《ほうもん》。パンダを野生《やせい》に返《かえ》すための訓練場所《くんれんばしょ》の見学《けんがく》です。

関西国際空港《かんさいこくさいくうこう》から成都《せいと》まではおよそ4時間半《じかんはん》。私《わたし》たちは遠藤《えんどう》さんと熊川《くまかわ》さんの隣《となり》に座《すわ》り、ゆっくり話《はなし》をしながら向《む》かいました。

実《じつ》は遠藤《えんどう》さんは、大学生《だいがくせい》のころに成都《せいと》の施設《しせつ》を訪《おとず》れたことがあるそうで、そのときは〝パンダの楽園《らくえん》〟という印象《いんしょう》を受《う》けたのだそうです。

今回《こんかい》、実際《じっさい》にパンダの飼育《しいく》に取《と》り組《く》むようになって、同《おな》じ場所《ばしょ》がどう見《み》えるのか。

私《わたし》たちは、そのことを現地《げんち》でぜひ聞《き》きたいと思《おも》いました。
機内《きない》では眠《ねむ》る乗客《じょうきゃく》も多《おお》いなか、遠藤《えんどう》さんは自分《じぶん》が発表《はっぴょう》する資料《しりょう》をずっと読《よ》み込《こ》んでいました。

世界《せかい》に広《ひろ》がる白浜《しらはま》パンダファミリー＝「浜家《はまけ》」

中国《ちゅうごく》での旅程初日《りょていしょにち》は、「成都《せいと》ジャイアントパンダ繁育研究基地《はんいくけんきゅうきち》」の見学《けんがく》。
かつて遠藤《えんどう》さんも訪《おとず》れたこの施設《しせつ》は、パンダの保護《ほご》や繁殖《はんしょく》を行《おこな》う研究機関《けんきゅうきかん》のひとつです。

アドベンチャーワールドは中国以外《ちゅうごくいがい》では最《もっと》もパンダの繁殖《はんしょく》に成功《せいこう》していますが、さすが本場《ほんば》、この施設《しせつ》では、それを上回《うわまわ》る１００頭以上《とういじょう》のパンダが誕生《たんじょう》しています。もちろん、世界最高水準《せかいさいこうすいじゅん》の飼育《しいく》や繁殖《はんしょく》が行《おこな》われているのですが、遠藤《えんどう》さん、熊川《くまかわ》さんにはそれ以上《いじょう》に楽《たの》しみなことがありました。

広《ひろ》い園内《えんない》を見渡《みわた》すと、ここにもパンダ、あっちにもパンダ。日本《にほん》では考《かんが》えられないような景色《けしき》が広《ひろ》がっています。しかし、2人《り》は真剣《しんけん》な表情《ひょうじょう》。何《なに》かを探《さが》しているようです。

突然《とつぜん》、熊川《くまかわ》さんが叫《さけ》びました。

「リュウリュウ、リュウヒーン」

大勢《おおぜい》のパンダの中《なか》から見《み》つけ出《だ》したのは、白浜生《しらはまう》まれの隆浜《リュウヒン》。

「リュウリュウ、もう日本語覚《にほんごおぼ》えてないかなぁ」

隆浜《リュウヒン》は2003年生《ねんう》まれ。白浜《しらはま》で初《はじ》めて双子《ふたご》が生《う》まれた時《とき》のお兄《にい》さんパンダです。2007年《ねん》に中国《ちゅうごく》へと渡《わた》りました。

白浜《しらはま》のパンダは生《う》まれてからおよそ4～5歳《さい》くらいまでは白浜《しらはま》で育《そだ》てられますが、繁殖《はんしょく》のパートナーを探《さが》すため、大人《おとな》になる前《まえ》に中国《ちゅうごく》へ渡《わた》ります。これまで白浜《しらはま》から11頭《とう》ものパンダが中国《ちゅうごく》に渡《わた》りました。こんな施設《しせつ》は世界中《せかいじゅう》を見渡《みわた》してももちろんほかにはありません。

白浜《しらはま》のパンダは、名前《なまえ》に「浜《はま》」の字《じ》がつくことから、中国《ちゅうごく》では「浜家《はまけ》」と呼《よ》ばれ、関係《かんけい》者《しゃ》の間《あいだ》で有名《ゆうめい》です。そのことからも、白浜《しらはま》のパンダたちが、中国《ちゅうごく》での繁殖《はんしょく》に大《おお》きな貢献《こうけん》をしていることがわかります。

「男前《おとこまえ》になったわね〜」

少《すこ》し離《はな》れた場所《ばしょ》にいる隆浜《リュウヒン》に話《はな》しかける遠藤《えんどう》さんと熊川《くまかわ》さん。まるで、親戚《しんせき》の子《こ》に久《ひさ》しぶりに会《あ》ったみたいです。

取材《しゅざい》を重《かさ》ねるうちに、私《わたし》たちもオスかメスかくらいは見分《みわ》けられるようになりましたが、以前《いぜん》に写真《しゃしん》で見《み》た隆浜《リュウヒン》が目《め》の前《まえ》のパンダなのか、私《わたし》たちには分《わ》かりませんでした。聞《き》いてみると、見極《みきわ》めのポイントは「鼻《はな》」。父親《ちちおや》の永明《エイメイ》は鼻《はな》が高《たか》い〝美男子《びだんし》〟で子《こ》どもたちはみな、その特徴《とくちょう》を引《ひ》き継《つ》いでいるのだといいます。

「顔《かお》はやっぱり面影《おもかげ》がありますよね。体《からだ》つきも変《か》わっていないし。懐《なつ》かしいな〜」

遠藤《えんどう》さんは、隆浜《リュウヒン》との再会《さいかい》を心《こころ》から喜《よろこ》んでいました。中国《ちゅうごく》に訪問《ほうもん》する前《まえ》から国際会議《こくさいかいぎ》での発表《はっぴょう》のことで頭《あたま》がいっぱいで、ずっと緊張《きんちょう》した表情《ひょうじょう》を見《み》せていた遠藤《えんどう》さん。このときばかりは、リラックスした笑顔《えがお》でした。

世界《せかい》の賞賛《しょうさん》を浴《あ》びた「白浜方式《しらはまほうしき》」

2日目《かめ》、いよいよ国際会議《こくさいかいぎ》が始《はじ》まります。絶滅《ぜつめつ》のおそれがあるパンダを、人間《にんげん》がどうサポートしていくかが話《はな》し合《あ》われます。場所《ばしょ》は成都《せいと》にある高級《こうきゅう》ホテル。入口《いりぐち》からパンダのぬいぐるみが出迎《でむか》えてくれるパンダ一色《いっしょく》のホテルです。

遠藤《えんどう》さん、熊川《くまかわ》さんと一緒《いっしょ》に会場入《かいじょうい》りすると、ふたりは次々《つぎつぎ》と祝福《しゅくふく》の言葉《ことば》をかけられました。

「コングラチュレーション（おめでとう）」

「白浜《しらはま》は今年《ことし》も赤《あか》ちゃんが生《う》まれたんだってね、すごいよ！」

世界各地《せかいかくち》から来《き》た関係者《かんけいしゃ》が、白浜《しらはま》から来《き》たふたりを口々《くちぐち》に誉《ほ》めそやします。

永明《エイメイ》と良浜《ラウヒン》カップルの繁殖《はんしょく》が立《た》て続《つづ》けに成功《せいこう》している白浜《しらはま》は、パンダ関係者《かんけいしゃ》の間《あいだ》でやはり注目《ちゅうもく》されていました。

この会議《かいぎ》はパンダの保護《ほご》、そして未来《みらい》に向《む》け数《かず》を増《ふ》やすという目的《もくてき》で始《はじ》まりました。白浜《しらはま》も毎回参加《まいかいさんか》し、園《えん》で行《おこな》っている飼育《しいく》、繁殖《はんしょく》の方法《ほうほう》を説明《せつめい》したり、他国《たこく》のパンダ繁殖《はんしょく》の現状《げんじょう》や方法《ほうほう》を学《まな》んで、白浜《しらはま》に戻《もど》って実践《じっせん》したりしています。

この年《とし》の会議《かいぎ》のテーマは〝野生復帰《やせいふっき》〟。パンダをどのような形《かたち》で野生《やせい》に帰《かえ》していくのかについて話《はな》し合《あ》われていました。

そして、いよいよ、遠藤《えんどう》さんの発表《はっぴょう》の番《ばん》がやってきました。

緊張《きんちょう》した表情《ひょうじょう》でステージに向《む》かう遠藤《えんどう》さん。マイクを持《も》ち英語《えいご》で聴衆《ちょうしゅう》に話《はな》し始《はじ》めました。

「こんにちは、皆《みな》さん。日本《にほん》のアドベンチャーワールドから来《き》た遠藤倫子《えんどうともこ》です。今日《きょう》は高齢《こうれい》になったパンダの飼育《しいく》と管理《かんり》について紹介《しょうかい》します。和歌山県《わかやまけん》のアドベンチャーワールドに暮《く》らす永明《エイメイ》は24歳《さい》（当時《とうじ》）です。これまでに9回《かい》の自然繁殖《しぜんはんしょく》に関《かか》わったパンダです」

遠藤《えんどう》さんの発表《はっぴょう》に全員《ぜんいん》がくぎづけです。

だって永明《エイメイ》は、世界最高齢《せかいさいこうれい》で良浜《ラウヒン》との自然繁殖《しぜんはんしょく》に成功《せいこう》したお父《とう》さんパンダ。みんな、その秘密《ひみつ》をぜひ知《し》りたいということなのでしょう。

遠藤《えんどう》さんは永明《エイメイ》に竹《たけ》をたくさん与《あた》えること、食欲《しょくよく》が劣《おと》る夏場《なつば》には永明《エイメイ》が好《す》きな種類《しゅるい》の竹《たけ》を積極的《せっきょくてき》に与《あた》える工夫《くふう》をしていること、部屋《へや》の温度《おんど》を低《ひく》くすることで、食《た》べる量《りょう》や体重《たいじゅう》の維持《いじ》ができるようになることなどを話《はな》しました。

発表《はっぴょう》のあと、出席者《しゅっせきしゃ》からは、遠藤《えんどう》さんたちへの賞賛《しょうさん》の声《こえ》があがりました。

「白浜《しらはま》のパンダの管理《かんり》、そして自然環境《しぜんかんきょう》が素晴《すば》らしいね」

「これほど多《おお》くの出産《しゅっさん》をしている、すごいことだよ」

「白浜《しらはま》はパンダという種《しゅ》の保護《ほご》に大《おお》きな貢献《こうけん》をしているね。偉大《いだい》な永明《エイメイ》ファミリーはパンダの飼育《しいく》に携《たずさ》わる者《もの》の記憶《きおく》に深《ふか》く刻《きざ》まれるだろう」

さまざまな国《くに》の関係者《かんけいしゃ》が、白浜《しらはま》の実績《じっせき》を高《たか》く評価《ひょうか》していました。

会議《かいぎ》での大《おお》きな反響《はんきょう》に、遠藤《えんどう》さんも手応《てごた》えを感《かん》じていました。

発表《はっぴょう》が終《お》わったあと、私《わたし》たちのところに駆《か》け寄《よ》ると、頬《ほお》を赤《あか》くしながら話《はな》してくれました。

「最初《さいしょ》は緊張《きんちょう》で心臓《しんぞう》はバクバクでした。でも途中《とちゅう》からは落《お》ち着《つ》いてきて。発表《はっぴょう》したあと、色《いろ》んな人《ひと》によかったねって言《い》ってもらえたのが嬉《うれ》しかったです」

いつもより少《すこ》し早口《はやくち》な遠藤《えんどう》さん、かなり興奮《こうふん》していたようでした。

そんな大役《たいやく》を果《は》たした遠藤《えんどう》さんですが、休《やす》むひまなく、前日《ぜんじつ》に訪《おとず》れた「成都《せいと》ジャイアントパンダ繁育研究基地《はんいくけんきゅうきち》」へ熊川《くまかわ》さんと再《ふたた》び向《む》かいます。到着《とうちゃく》すると、スタッフに案内《あんない》されて、ふたりは1頭《とう》のパンダの前《まえ》で足《あし》を止《と》めました。

「梅浜元気《メイヒンげんき》？　覚《おぼ》えてる？」

隆浜《リュウヒン》と会《あ》ったときと同《おな》じ、遠藤《えんどう》さんも熊川《くまかわ》さんも満面《まんめん》の笑《え》みです。

和歌山特産《わかやまとくさん》の梅《うめ》にちなんで名《な》づけられた梅浜《メイヒン》。

２００８年《ねん》に白浜《しらはま》で生《う》まれたメスのパンダで、２０１３年《ねん》に中国《ちゅうごく》へ渡《わた》っていました。

良浜《ラウヒン》が初《はじ》めて出産《しゅっさん》した時《とき》、なかなか拾《ひろ》うことのできなかった、あの子《こ》どもです。


「梅浜《メイヒン》だいぶ丸《まる》くなったねー、レディになっちゃってー」

梅浜《メイヒン》はアドベンチャーワールドで生《う》まれたパンダの中《なか》で一番《いちばん》の丸顔《まるがお》。中国《ちゅうごく》にいってから、さらにふたまわりくらい大《おお》きく成長《せいちょう》していました。


だから、遠藤《えんどう》さんは丸《まる》くなった＝レディになったね、と言《い》ったのです。

再会《さいかい》を懐《なつ》かしむふたりのもとに、飼育員《しいくいん》が１頭《とう》のパンダの赤《あか》ちゃんを腕《うで》に抱《かか》えてやってきました。

「あー、来《き》た、梅浜《メイヒン》の子《こ》ども！」

白浜出身《しらはましゅっしん》の梅浜《メイヒン》が生《う》んだ子《こ》パンダをだっこする熊川《くまかわ》さんと遠藤《えんどう》さん。

「おーおっきいおっきい」

白浜《しらはま》で良浜《ラウヒン》の愛情《あいじょう》をたっぷり受《う》けて育《そだ》った梅浜《メイヒン》は、この年《とし》の5月《がつ》に赤《あか》ちゃんを生《う》んでいました。

「メス？　梅蘭《メイラン》って名前《なまえ》？　かわいいー」

良浜《ラウヒン》からすると、娘《むすめ》が産《う》んだ孫《まご》です。

施設《しせつ》のスタッフの好意《こうい》で、遠藤《えんどう》さんと熊川《くまかわ》さんは梅蘭《メイラン》を抱《だ》っこさせてもらえることに。

「初《はじ》めましてー」

「おばあちゃん（良浜《ラウヒン》）も元気《げんき》に頑張《がんば》っているよ」

白浜《しらはま》で生《う》まれ育《そだ》ったパンダが、中国《ちゅうごく》で母親《ははおや》になっている。

実際《じっさい》にそのことを目《ま》のあたりにして、いろいろな思《おも》いがこみあげている様子《ようす》でした。

「ただかわいいっていうより愛《いと》おしいですよね。白浜《しらはま》でやってきたことが芽《め》を出《だ》し、実《みの》っているなって実感《じっかん》できました。すごく嬉《うれ》しいです」

晴《は》れやかな表情《ひょうじょう》の熊川《くまかわ》さん。

遠藤《えんどう》さんも感無量《かんむりょう》の様子《ようす》でした。

「あんなに小《ちい》さかった子《こ》どもが、中国《ちゅうごく》で親《おや》になって、ちゃんと子育《こそだ》てをしていることに感《かん》動《どう》しました。親《おや》になって子《こ》どもを育《そだ》てられる力《ちから》をちゃんと身《み》につけて、白浜《しらはま》から旅立《たびだ》ってくれたんだなって」

梅浜《メイヒン》は、遠藤《えんどう》さんが飼育員《しいくいん》になって初《はじ》めて世話《せわ》をしたパンダです。それだけに喜《よろこ》びもひとしおだったのでしょう。

「白浜方式《しらはまほうしき》」は本場中国《ほんばちゅうごく》でもしっかりと根《ね》をはっていました。

パンダのために白浜《しらはま》でできること

中国《ちゅうごく》での旅程《りょてい》、最終日《さいしゅうび》。

熊川《くまかわ》さんと遠藤《えんどう》さんが向《む》かったのは、「都江堰野生復帰《とこうえんやせいふっき》センター」です。

ここは、動物園《どうぶつえん》で生《う》まれたパンダを、本来暮《ほんらいく》らしている野生《やせい》に返《かえ》す取《と》り組《く》みをしている施設《しせつ》です。白浜《しらはま》をはじめ、世界各地《せかいかくち》で繁殖《はんしょく》に取《と》り組《く》み、わずかではありますが現在《げんざい》、パンダの頭数《とうすう》は増《ふ》えつつあります。一時《いちじ》は絶滅《ぜつめつ》が危《あや》ぶまれるところまで行《い》きましたが、多《おお》くの飼育員《しいくいん》たちの献身的《けんしんてき》な努力《どりょく》で持《も》ち直《なお》したのです。

しかし、人工繁殖《じんこうはんしょく》したパンダをそのまま野生《やせい》に返《かえ》すことはできません。

この施設《しせつ》は、人間《にんげん》に守《まも》られて育《そだ》ったパンダが自分《じぶん》の力《ちから》でエサを取《と》り、自分《じぶん》の力《ちから》で子《こ》を生《う》み育《そだ》てられるよう訓練《くんれん》する、いわばトレーニングセンターのようなものなのです。

「フェンスひとつで、山《やま》と仕切《しき》っているんですね」

熊川《くまかわ》さんが驚《おどろ》きの声《こえ》を上《あ》げました。戻《もど》すべき、野生《やせい》のパンダの生息《せいそく》エリアのすぐ隣《となり》に施《し》設《せつ》は建《た》てられていました。温度《おんど》もエサも、自然《しぜん》と同《おな》じ状態《じょうたい》で慣《な》らしていきます。野生《やせい》と飼《し》育《いく》の、まさに「中間《ちゅうかん》」のエリアがそこにはありました。

緑豊《みどりゆた》かな白浜《しらはま》とは全《まった》く違《ちが》う光景《こうけい》が広《ひろ》がっていました。野生《やせい》のパンダがいる環境《かんきょう》は、岩肌《いわはだ》や急《きゅう》な崖《がけ》が目立《めだ》ち、植物《しょくぶつ》もあまり多《おお》くない寒々《さむざむ》とした景色《けしき》でした。自然豊《しぜんゆた》かな楽園《らくえん》にはとても見《み》えません。

「うちの子《こ》たちがフェンスの向《む》こう側《がわ》（野生《やせい》エリア）に投《な》げ出《だ》されたら、泣《な》いちゃうんやろなー」

熊川《くまかわ》さんがつぶやきます。

白浜《しらはま》でパンダはとても大切《たいせつ》に育《そだ》てられています。授乳中《じゅにゅうちゅう》の良浜《ラウヒン》の口元《くちもと》に、柔《やわ》らかそうな竹《たけ》の葉《は》を選《えら》んで1枚《まい》1枚《まい》、飼育員《しいくいん》が差《さ》し出《だ》している光景《こうけい》を私《わたし》たちはずっと見《み》てきました。

衛生状態《えいせいじょうたい》も常《つね》に完璧《かんぺき》に保《たも》たれています。楽園《らくえん》のような白浜《しらはま》で生《う》まれ育《そだ》ったパンダが、厳《きび》しい自然《しぜん》の中《なか》で生《い》き抜《ぬ》いていけるのか？　かなり難《むずか》しいのではないかと私《わたし》たちには思《おも》えました。

10年以上《ねんいじょう》、パンダの飼育《しいく》に携《たずさ》わってきた熊川《くまかわ》さんはどう思《おも》っているのでしょう？　率直《そっちょく》に疑問《ぎもん》をぶつけてみました。

「白浜《しらはま》で生《う》まれた子《こ》がそのまま自然《しぜん》の中《なか》で生《い》きていけるとは思《おも》っていません」

熊川《くまかわ》さんはそう答《こた》えたうえで、話《はなし》を続《つづ》けました。

「ただ、梅浜《メイヒン》のように、白浜《しらはま》から中国《ちゅうごく》に来《き》たパンダが、子《こ》どもを生《う》んでいることには勇気《ゆうき》づけられました。数《かず》がどんどん増《ふ》えていけば、いずれは白浜生《しらはまう》まれのパンダの子孫《しそん》が、野生《やせい》に帰《かえ》ってくれるかもしれません。白浜《しらはま》で飼育《しいく》に取《と》り組《く》んでいる私《わたし》たちができることは、まず、目《め》の前《まえ》の命《いのち》を大切《たいせつ》に育《そだ》てることではないかと思《おも》うんです。私《わたし》たちが白浜《しらはま》でやっていることは、けっして無駄《むだ》ではありません。しっかりとパンダの明《あか》るい未来《みらい》につながっているんです」

数《かず》が増《ふ》え、現実味《げんじつみ》を帯《お》びてきたパンダの野生復帰計画《やせいふっきけいかく》。母親《ははおや》の愛情《あいじょう》をたっぷり受《う》け、次《つぎ》の世代《せだい》を残《のこ》す力《ちから》が強《つよ》いパンダを育《そだ》てることこそ、白浜《しらはま》の役割《やくわり》だと熊川《くまかわ》さんは考《かんが》えていました。

そして、今回《こんかい》、初《はじ》めてリーダーとしてパンダの出産《しゅっさん》、子育《こそだ》てを成功《せいこう》させた遠藤《えんどう》さんにもある思《おも》いが芽生《めば》えていました。

「パンダの幸《しあわ》せとは何《なに》かって考《かんが》えることがあるんです。野生《やせい》に帰《かえ》って自由《じゆう》に暮《く》らせば幸《しあわ》せなのか。それとも、動物園《どうぶつえん》で飼育《しいく》されてたっぷりとエサをもらえれば幸《しあわ》せなのか。私《わたし》はいまだにわからないし、答《こた》えはないのかもしれません。ただ、私《わたし》ができるのは、少《すく》なくとも目《め》の前《まえ》にいるパンダを幸《しあわ》せにしたいと、強《つよ》く願《ねが》うことではないでしょうか。せめて自分《じぶん》が関《かか》わったパンダたちが暮《く》らしやすいように、環境《かんきょう》を整《ととの》え、愛情《あいじょう》を注《そそ》いで、そして信頼関係《しんらいかんけい》を築《きず》く。私《わたし》ができることを精一杯《せいいっぱい》続《つづ》けることが大切《たいせつ》だと思《おも》うんです」

どこかふっきれたような遠藤《えんどう》さん、その目《め》はパンダの遠《とお》い未来《みらい》をも見《み》すえていました。

第《だい》6章《しょう》 白浜《しらはま》がつなぐパンダの未来《みらい》

帰国後《きこくご》、中国視察《ちゅうごくしさつ》の報告《ほうこく》や、留守中《るすちゅう》にたまっていた仕事《しごと》に追《お》われ、遠藤《えんどう》さんは良浜《ラウヒン》、結浜《ユイヒン》母子《おやこ》と会《あ》う時間《じかん》がなかなかとれずにいました。

「1週間《しゅうかん》ぶりかあ。元気《げんき》にしてるかなぁ……」

出産前《しゅっさんまえ》から良浜《ラウヒン》につきっきりだった遠藤《えんどう》さんが母子《おやこ》からこんなに長期間離《ちょうきかんはな》れたのは初《はじ》めてのこと。ひさしぶりに家族《かぞく》に会《あ》うような、ちょっと照《て》れくさそうな笑顔《えがお》でした。

ガチャリと音《おと》を立《た》てて、産室《さんしつ》の扉《とびら》を開《ひら》きます。

「また大《おお》きくなったなぁ」

生《う》まれてからおよそ2か月《げつ》がたち、結浜《ユイヒン》は以前《いぜん》とは見違《みちが》えるほどの成長《せいちょう》を遂《と》げていました。24センチだった体長《たいちょう》は、およそ2倍《ばい》の48センチほどに。

体重《たいじゅう》は、わずか197グラムしかなかったのが、今《いま》や10倍《ばい》を超《こ》える2キロ余《あま》りに。

体《からだ》は大《おお》きくなりましたが、あいかわらずお母《かあ》さんにべったりで、この時《とき》も良浜《ラウヒン》の大《おお》きなおなかの上《うえ》で寝《ね》そべっていました。白黒模様《しろくろもよう》もかなりくっきりしてきましたが、白《しろ》い部分《ぶぶん》が大人《おとな》のパンダと少《すこ》しちがいます。

遠藤《えんどう》さんもすぐに気《き》づきました。

「体《からだ》がピンク色《いろ》になってる……！」

結浜《ユイヒン》の体《からだ》を覆《おお》う毛《け》のうち、白《しろ》い部分《ぶぶん》が、淡《あわ》くピンク色《いろ》がかっています。

実《じつ》はこれ、母親《ははおや》の良浜《ラウヒン》が結浜《ユイヒン》の体《からだ》を熱心《ねっしん》になめて、世話《せわ》を続《つづ》けている証拠《しょうこ》だといいます。

結浜《ユイヒン》と良浜《ラウヒン》は、母子《おやこ》の絆《きずな》をよりいっそう深《ふか》めていました。

そんな母子《おやこ》の様子《ようす》を眺《なが》めていると、それまでおとなしくしていた結浜《ユイヒン》が、もぞもぞと動《うご》き出《だ》しました。良浜《ラウヒン》に母乳《ぼにゅう》をねだっています。

その様子《ようす》に気《き》づいた良浜《ラウヒン》は、すかさず結浜《ユイヒン》を抱《だ》き直《なお》し、母乳《ぼにゅう》を与《あた》え始《はじ》めます。

産室内《さんしつない》にかすかに響《ひび》く、結浜《ユイヒン》が母乳《ぼにゅう》を飲《の》む音《おと》。

結浜《ユイヒン》の成長《せいちょう》とともに、その音《おと》も、以前《いぜん》よりも大《おお》きく、力強《ちからづよ》いものになっていました。

そして、母乳《ぼにゅう》を飲《の》む結浜《ユイヒン》を静《しず》かに見守《みまも》る良浜《ラウヒン》。

これまでに何度《なんど》も見《み》た光景《こうけい》ですが、中国《ちゅうごく》への旅《たび》を経《へ》て、私《わたし》たちもその大切《たいせつ》さをしみじみ感《かん》じるようになりました。

「ラウちゃん、えらいねぇ〜」

そばで様子《ようす》を見守《みまも》る遠藤《えんどう》さんが、優《やさ》しく声《こえ》をかけていました。

結浜《ユイヒン》の屋外《おくがい》デビュー

出産《しゅっさん》から半年《はんとし》となる３月《がつ》。

このころにもなると、結浜《ユイヒン》の姿《すがた》はまったく変《か》わりました。

自分《じぶん》の足《あし》で自由自在《じゆうじざい》に動《うご》き回《まわ》ることができるようになり、部屋《へや》の中《なか》を走《はし》り回《まわ》ったり、屋《おく》内《ない》に設置《せっち》された遊具《ゆうぐ》を使《つか》って遊《あそ》んだりと、元気《げんき》いっぱいです。

もはや赤《あか》ちゃんというよりも、わんぱくな子《こ》どもの仲間入《なかまい》りをしたという感《かん》じでしょうか。

そんな結浜《ユイヒン》の成長《せいちょう》ぶりを見《み》て、遠藤《えんどう》さんたちは、ある訓練《くんれん》を始《はじ》めようとしていました。

それは、これまでずっと屋内《おくない》にいた結浜《ユイヒン》を、屋外《おくがい》に出《だ》すための訓練《くんれん》です。

外《そと》の運動場《うんどうじょう》は、屋内《おくない》の部屋《へや》よりもはるかに広《ひろ》く、パンダたちは太陽《たいよう》の光《ひかり》をあびながら青々《あおあお》とした芝生《しばふ》の上《うえ》で過《す》ごすことができます。結浜《ユイヒン》の兄姉《きょうだい》たちもお気《き》に入《い》りの場所《ばしょ》です。

しかし、結浜《ユイヒン》にとっては、今《いま》まで見《み》たことのない世界《せかい》に、不安《ふあん》があるかもしれません。

しかし、今後《こんご》のさらなる成長《せいちょう》のためには、通《とお》らなくてはならない関門《かんもん》なのです。

訓練《くんれん》は、３月《がつ》の休園日《きゅうえんび》に行《おこな》うことになりました。

少《すこ》しずつ慣《な》れさせるため、まずは一度《いちど》、短時間《たんじかん》だけ外《そと》に出《だ》して様子《ようす》を見《み》ます。

「結浜《ユイヒン》、先《さき》に行《い》きます」

結浜《ユイヒン》の体《からだ》を持《も》ち上《あ》げると、遠藤《えんどう》さんはそう言《い》って、屋外《おくがい》の運動場《うんどうじょう》につながる小《ちい》さなゲートの前《まえ》へと向《む》かいました。

「開《あ》けまーす」

声《こえ》とともにゲートが開《ひら》きます。

遠藤《えんどう》さんは、結浜《ユイヒン》の様子《ようす》を確《たし》かめながら、ゲートの外《そと》のタイルの上《うえ》に結浜《ユイヒン》をそっと置《お》きました。

「結浜《ユイヒン》出《で》ました。閉《し》めてくださーい」

遠藤《えんどう》さんがそう言《い》うと、ゲートがゆっくりと降《お》りてきて、静《しず》かに閉《し》まりました。

結浜《ユイヒン》にとっては、閉《し》め出《だ》されたかっこうです。

結浜《ユイヒン》、初《はじ》めてのお外《そと》。ゲートの後《うし》ろでお尻《しり》を押《お》すのは遠藤《えんどう》さん。

さて、外《そと》の世界《せかい》へと飛《と》び出《だ》した結浜《ユイヒン》の様子《ようす》はどうでしょう。

最初《さいしょ》、きょとんとまわりを眺《なが》めていた結浜《ユイヒン》。

やはり驚《おどろ》いているのか、その場《ば》からあまり動《うご》こうとしません。

周辺《しゅうへん》を見回《みまわ》しながら円《えん》を描《えが》くようにちょこちょこと歩《ある》き、改《あらた》めてゲートのほうを見《み》ています。どうやら、ゲートが閉《し》まっていることに気《き》づいたようです。

ゲートに近《ちか》づくと、寄《よ》りかかるようにして立《た》ち上《あ》がり、中《なか》の様子《ようす》をうかがっています。

中《なか》に戻《もど》りたくてたまらないようです。迷子《まいご》の子《こ》どものような不安《ふあん》そうな様子《ようす》でした。

こうなることを予想《よそう》していた遠藤《えんどう》さん。母親《ははおや》の良浜《ラウヒン》をゲートの近《ちか》くにまで連《つ》れてきていました。

「良浜《ラウヒン》ゲート前《まえ》まで来《き》たよー！」

「はい、ゲート開《あ》けまーす！」

飼育員《しいくいん》たちの見事《みごと》な連携《れんけい》で、ゲートが開《ひら》かれ、良浜《ラウヒン》が外《そと》にいた結浜《ユイヒン》のもとに歩《あゆ》み寄《よ》ります。結浜《ユイヒン》もまた、良浜《ラウヒン》のもとへと駆《か》け寄《よ》っていきます。姿《すがた》を見《み》てほっとしたのか、早速《さっそく》、甘《あま》えるしぐさを見《み》せました。まるで、デパートではぐれた人間《にんげん》の親子《おやこ》が再会《さいかい》したときのような、そんな光景《こうけい》でした。

しばらくすると、良浜《ラウヒン》はゆっくりとゲートを離《はな》れ、運動場《うんどうじょう》の中央《ちゅうおう》に向《む》かって歩《ある》き始《はじ》めました。結浜《ユイヒン》に、こちらへついてくるよう促《うなが》すように。

それを見《み》た結浜《ユイヒン》は、おずおずとそのあとを追《お》いかけます。

どこかぎこちないものの、ついさっき1頭《とう》だけで外《そと》に出《で》たときのような、不安《ふあん》そうな印《いん》象《しょう》は感《かん》じられません。

お母《かあ》さんが一緒《いっしょ》にいてくれるから、安心《あんしん》しているのでしょうか。母親《ははおや》に見守《みまも》られる中《なか》で、少《すこ》しずつ外《そと》の世界《せかい》へと足《あし》を伸《の》ばす結浜《ユイヒン》。

どうやら、訓練《くんれん》はうまくいったようです。

(よかった、よかった……)

安心《あんしん》してふと周《まわ》りを見回《みまわ》すと、先《さき》ほど結浜《ユイヒン》たちが出《で》てきたゲートの向《む》こう側《がわ》に、遠藤《えんどう》さんの姿《すがた》が見《み》えました。

どうやら、ゲートを閉《し》めてからも、格子《こうし》の隙間《すきま》から、ずっと様子《ようす》を見守《みまも》っていたようです。屋外《おくがい》デビューを果《は》たした2頭《とう》の姿《すがた》に、ほっとした表情《ひょうじょう》を浮《う》かべていました。

思《おも》えば、生後《せいご》すぐの「魔《ま》の1週間《しゅうかん》」を母《はは》と子《こ》を一緒《いっしょ》にいさせることで乗《の》り切《き》り、この日《ひ》を迎《むか》えることができました。誕生《たんじょう》から半年《はんとし》がたった結浜《ユイヒン》は、やがて、外《そと》の運動場《うんどうじょう》も所《ところ》せましと駆《か》けまわることでしょう。

しかし、初《はじ》めての外《そと》の風景《ふうけい》にとまどった結浜《ユイヒン》が良浜《ラウヒン》の後押《あとお》しで外《そと》に出《で》られたように、まだまだお母《かあ》さんの存在《そんざい》は重要《じゅうよう》です。お母《かあ》さんと一緒《いっしょ》にいる時間《じかん》の中《なか》で、パンダとして必要《ひつよう》なものを学《まな》んでいきます。

外《そと》の世界《せかい》を満喫《まんきつ》した2頭《とう》が、もと来《き》たゲートを通《つう》じて、産室《さんしつ》の中《なか》へと戻《もど》っていきました。2頭《とう》がともに過《す》ごす濃密《のうみつ》な時間《じかん》は、結浜《ユイヒン》が親離《おやばな》れをするそのときまで、遠藤《えんどう》さんたち飼育員《しいくいん》の手《て》によって、ずっとずっと、大切《たいせつ》に守《まも》られていくのです。

白浜《しらはま》の英雄《えいゆう》、老《お》いと戦《たたか》う

結浜《ユイヒン》がすくすくと成長《せいちょう》を遂《と》げる一方《いっぽう》で、確実《かくじつ》に老《お》いを迎《むか》えているのが、父親《ちちおや》の永明《エイメイ》です。

お母《かあ》さんがやってきてホッとひと安心《あんしん》の結浜《ユイヒン》。よかったね！

1994年《ねん》9月《がつ》生《う》まれの永明《エイメイ》は、人間《にんげん》の年齢《ねんれい》に換算《かんさん》すると、70代後半《だいこうはん》。もうおじいちゃんと呼《よ》ばれる年齢《ねんれい》を迎《むか》えています。

一見《いっけん》、元気《げんき》で若々《わかわか》しいですが、世界《せかい》で名高《なだか》いパンダ界《かい》の英雄《えいゆう》にも老《お》いはしのびよっていました。

まずは、動《うご》くスピード。

座《すわ》った状態《じょうたい》から体《からだ》を起《お》き上《あ》がらせるのに、以前《いぜん》よりも時間《じかん》がかかるようになったといいます。たしかに私《わたし》たちがその様子《ようす》を見《み》ても、まるで「よっこいしょ……」という声《こえ》が聞《き》こえてきそうな、ゆつくりとした動《うご》きです。

それに、芝生《しばふ》の上《うえ》を歩《ある》くスピードも、以前《いぜん》よりゆっくりになっているのだそう。

とくに後《うし》ろ足《あし》は、わずかに引《ひ》きずっているようにも見《み》えるようになってきました。

さらに目《め》にも異変《いへん》が。

永明《エイメイ》の左目《ひだりめ》を見《み》ると、白内障《はくないしょう》のように、瞳《ひとみ》が白《しろ》っぽくにごっているのが分《わ》かります。

実際《じっさい》、永明《エイメイ》の動《うご》きを注意深《ちゅういぶか》く見《み》ていると、物《もの》が見《み》えにくくなっているのではないかと感《かん》じるときがあるそうです。

たとえば、飼育員《しいくいん》が用意《ようい》したエサを探《さが》すとき。

好物《こうぶつ》のリンゴやニンジンが置《お》かれていても、気《き》づくのに時間《じかん》がかかるようになっているといいます。

目《め》で確認《かくにん》して見《み》つけるというよりは、匂《にお》いを手《て》がかりに探《さが》し出《だ》すという感《かん》じです。

こうした状況《じょうきょう》もあり、遠藤《えんどう》さんたち飼育員《しいくいん》にとっては、永明《エイメイ》が園内《えんない》の動物《どうぶつ》の中《なか》で最《もっと》も健《けん》康《こう》に気《き》を遣《つか》う存在《そんざい》となっていました。

今《いま》はまだ赤《あか》ちゃんの結浜《ユイヒン》が親離《おやばな》れをとげ、立派《りっぱ》なパンダに成長《せいちょう》したあとには、また、次《つぎ》の新《あら》たな命《いのち》を良浜《ラウヒン》とともに育《はぐく》むことが、永明《エイメイ》には期待《きたい》されています。

絶滅《ぜつめつ》のおそれのあるパンダの数《かず》を、少《すこ》しでも多《おお》くすることが、パンダの未来《みらい》を守《まも》ることにつながるからです。


「永明《エイメイ》がいつまでも元気《げんき》で、少《すこ》しでも長生《ながい》きをしてほしい」

遠藤《えんどう》さんたちの強《つよ》い願《ねが》いは、日頃《ひごろ》からの見守《みまも》りに表《あらわ》れています。

まずは、定期的《ていきてき》に行《おこな》う健康《けんこう》チェックです。

担当《たんとう》する遠藤《えんどう》さんが持《も》ってきたのは、バーベキューで肉《にく》をつかむときに使《つか》うような、「トング」とよばれるもの。

それを、永明《エイメイ》の口《くち》の前《まえ》に持《も》っていき、パカっと開《ひら》きます。

すると驚《おどろ》いたことに、あわせて永明《エイメイ》が大《おお》きく口《くち》を開《ひら》きます。

そのすきに、遠藤《えんどう》さんはすばやく永明《エイメイ》の口《くち》の中《なか》をのぞき込《こ》み、歯《は》の状態《じょうたい》を確認《かくにん》するのです。長《なが》い間《あいだ》、堅《かた》い竹《たけ》を食《た》べ続《つづ》けてきた永明《エイメイ》の歯《は》は、ところどころがすり減《へ》っています。

歯《は》が健康《けんこう》でないと、竹《たけ》を食《た》べることができなくなり、あっという間《ま》に体力《たいりょく》が落《お》ちてしまいます。そうなることがないよう、訓《くん》練《れん》を重《かさ》ねて、歯《は》の状態《じょうたい》をしっかり確認《かくにん》できるようにしています。

続《つづ》いて、採血《さいけつ》。

トングの動《うご》きに合《あ》わせて口《くち》を開《あ》ける永明《エイメイ》。偉《えら》い！

こちらも長年《ながねん》のつきあいで、永明《エイメイ》は採血《さいけつ》のとき、みずから進《すす》んで左腕《ひだりうで》を差《さ》し出《だ》すまでになっています。ごほうびにリンゴをもらっている間《あいだ》に、獣医師《じゅういし》は差《さ》し出《だ》された永明《エイメイ》の腕《うで》に注射針《ちゅうしゃばり》を刺《さ》します。

血液《けつえき》に含《ふく》まれる白血球《はっけっきゅう》の数《かず》などを調《しら》べ、病気《びょうき》にかかっていないかなど、体《からだ》の異常《いじょう》の有無《うむ》を確認《かくにん》するのです。

飼育員《しいくいん》たちの取《と》り組《く》みは、健康《けんこう》チェックだけにとどまりません。次《つぎ》の繁殖《はんしょく》も見据《みす》えた、足腰《あしこし》のトレーニングまで行《おこな》っています。

この日《ひ》、遠藤《えんどう》さんと熊川《くまかわ》さんが用意《ようい》したのは、大《おお》きな麻《あさ》の袋《ふくろ》に竹《たけ》の葉《は》を入《い》れて作《つく》った、サンドバッグのような遊《あそ》び道具《どうぐ》。

屋外運動場《おくがいうんどうじょう》に生《は》えている木《き》の枝《えだ》につるしておくと、永明《エイメイ》は興味津々《きょうみしんしん》。早速《さっそく》、袋《ふくろ》に飛《と》びついて遊《あそ》び始《はじ》めました。

後《うし》ろ足《あし》だけで立《た》ち上《あ》がり、前足《まえあし》で麻袋《あさぶくろ》に飛《と》びついています。どうやら永明《エイメイ》はとっても気《き》に入《い》ったみたい。

「おぉ！　父《とう》ちゃん大《だい》ハッスル！　頑張《がんば》れ！」

実《じつ》はこれ、単《たん》なる遊《あそ》び道具《どうぐ》ではなく、弱《よわ》ってきた足腰《あしこし》を鍛《きた》えるために作《つく》ったもの。

永明《エイメイ》を気《き》づかい、飼育員《しいくいん》たちは、思《おも》いつくかぎりのことを実行《じっこう》していました。

すっかり感心《かんしん》し切《き》っていた私《わたし》たちは、隣《となり》で永明《エイメイ》の姿《すがた》を見守《みまも》る熊川《くまかわ》さんに、こんな質問《しつもん》をしてみました。

「どうしてそこまで頑張《がんば》れるんですか？」

長年《ながねん》、永明《エイメイ》を見守《みまも》り続《つづ》けてきた熊川《くまかわ》さんから返《かえ》ってきた言葉《ことば》に、私《わたし》たちは心《こころ》を打《う》たれました。

「永明《エイメイ》が好《す》きだから……！　もう、責任感《せきにんかん》とかそういうものは超《こ》えているような気《き》がしますね」

取材《しゅざい》している時《とき》にずっと感《かん》じていた、パンダと人《ひと》、生物《せいぶつ》の種《しゅ》を越《こ》えた愛情《あいじょう》や信頼感《しんらいかん》。熊《くま》川《かわ》さんの言葉《ことば》には、それがあふれていました。

多《おお》くのパンダが生《う》まれ育《そだ》ち、世界《せかい》から注目《ちゅうもく》を浴《あ》びる和歌山県白浜町《わかやまけんしらはまちょう》のアドベンチャーワールド。パンダと人《ひと》、不思議《ふしぎ》な二人三脚《ににんさんきゃく》はこれからも続《つづ》いていきます。

拝啓《はいけい》　結浜《ユイヒン》へ　あとがきにかえて

今《いま》の時期《じき》はどこの竹《たけ》がおいしいですか？

本当《ほんとう》にずいぶん大《おお》きくなりましたね。

ニュースであなたの姿《すがた》を見《み》かけるたびに「手《て》のひらにのるサイズだったのにあんなに成《せい》長《ちょう》して……」と、親戚《しんせき》のおじさんのような気《き》持《も》ちで目《め》を細《ほそ》めています。

結浜《ユイヒン》がこの世《よ》に生《う》まれ落《お》ちたとたんに、カメラのレンズが待《ま》ち受《う》けていたんだよね。熱《ねつ》を出《だ》しても、おしりに〝おでき〟のようなものができても、ずっと撮影《さつえい》されていて、いい迷惑《めいわく》だったと思《おも》います。本当《ほんとう》にごめんなさい。

お母《かあ》さんの良浜《ラウヒン》にとっても、お世話《せわ》をする飼育員《しいくいん》のみなさんにとっても、真剣勝負《しんけんしょうぶ》の出《しゅっ》産《さん》・子育《こそだ》ての現場《げんば》をウロウロするロケクルーは、時《とき》として（ひょっとしたら、いつも？）

目障《めざわ》りだったんじゃないかなと、心配《しんぱい》しています。

でも、大変《たいへん》なときもずっと一緒《いっしょ》にいさせてもらったおかげで世界《せかい》の誰《だれ》も見《み》たことのない貴重《きちょう》な映像《えいぞう》を撮影《さつえい》できました。『NHK《エヌエイチケー》スペシャル』など数々《かずかず》の番組《ばんぐみ》になり、海外《かいがい》でも放送《ほうそう》されました。インターネットの動画配信《どうがはいしん》も世界中《せかいじゅう》で見《み》てもらっています。そして今回《こんかい》、若《わか》い人《ひと》たちに読《よ》んでもらえる本《ほん》にまでなりました。

番組《ばんぐみ》を見《み》てくれた人《ひと》が寄《よ》せてくれた感想《かんそう》を見《み》ると、もちろん「かわいい」という声《こえ》が多《おお》いんですが、「いのちの尊《とうと》さ」「母《はは》と子《こ》の絆《きずな》」「信頼《しんらい》」など、パンダと人《ひと》、生物《せいぶつ》の種《しゅ》を超《こ》えた〝大切《たいせつ》ななにか〟を感《かん》じてくれた人《ひと》が大勢《おおぜい》いました。そしてそれは、取材《しゅざい》の過程《かてい》で私《わたし》たちも感《かん》じたことでした。

台風《たいふう》やおしりの〝おでき〟のときに見《み》せた、良浜《ラウヒン》の強《つよ》い強《つよ》い、わが子《こ》への思《おも》い。じっと見守《みまも》り、ここぞというときに手《て》を差《さ》し伸《の》べる「白浜方式《しらはまほうしき》」で支《ささ》える飼育員《しいくいん》の姿《すがた》。私《わたし》たちがよりよい世界《せかい》を作《つく》っていくために考《かんが》えなければいけないことへのヒントがたくさんあったと思《おも》います。

この本《ほん》や番組《ばんぐみ》でどこまでそのことを伝《つた》えられたか分《わ》かりませんが、そのチャンスをくれた、結浜《ユイヒン》、良浜《ラウヒン》をはじめとする白浜《しらはま》パンダファミリーのみんな、アドベンチャーワールドのスタッフのみなさんに心《こころ》からお礼《れい》を言《い》いたいです。

結浜《ユイヒン》とは会《あ》えなかった人《ひと》もいるけど、パンダファミリーのことを伝《つた》えるために協力《きょうりょく》してくれた大勢《おおぜい》のNHK《エヌエイチケー》のスタッフ、そして締《し》め切《き》りを守《まも》らない私《わたし》たちをあたたかく励《はげ》ましてくれた小学館《しょうがくかん》の伊藤澄《いとうすみ》さんのおかげでこの本《ほん》が生《う》まれました。

NHK《エヌエイチケー》には転勤《てんきん》というものがあって、取材《しゅざい》チームも各地《かくち》に散《ち》らばってしまいました。でも、私《わたし》たちはどこにいても、白浜《しらはま》パンダファミリーと過《す》ごした日々《ひび》を忘《わす》れません。世界中《せかいじゅう》に「浜家《はまけ》」が広《ひろ》がって、いつか自然《しぜん》の中《なか》で穏《おだ》やかに竹《たけ》を食《た》べられる日《ひ》が来《く》ることを心《こころ》から祈《いの》っています。

取材《しゅざい》チーム一同《いちどう》

●参考文献
「パンダのひ・み・つ　飼育係が綴る、ジャイアントパンダしあわせ物語」　著／森田倫代、熊川智子（アドベンチャーワールド）
「パンダが来た道：人と歩んだ150年」　著／ヘンリー・ニコルズ　監修／遠藤秀紀　訳／池村千秋（白水社）

NHKスペシャル
「奇跡のパンダファミリー～愛と涙の子育て物語～」
番組スタッフ

●語り　でんでん
朝倉あき
●撮影　合田貴仁
●音声　鈴木彰浩
山森正昭
●技術　田口　彩
●音響効果　荒川きよし
●ＣＧ制作　山田成彦

●編集　菊池拓哉
日外隆之
●取材　建畠一勇
●ディレクター　伊藤悠一
中川雄一朗
●制作統括　鵜飼俊介
緒方英俊
三村忠史

飼育員《しいくいん》の遠藤《えんどう》さん、熊川《くまかわ》さん、そして結浜《ユイヒン》を囲《かこ》んで。
取材《しゅざい》を担当《たんとう》した建畠一勇《たてはたかずお》記者《きしゃ》(左端《ひだりはし》)と
伊藤悠一《いとうゆういち》ディレクター(右端《みぎはし》)。

Shogakukan Junior Bunko

★小学館ジュニア文庫★
奇跡のパンダファミリー ～愛と涙の子育て物語～

2018年 8 月29日　初版第１刷発行

著者／NHKスペシャル取材班
協力／アドベンチャーワールド（http://www.aws-s.com/）
画像提供／ＮＨＫ

発行人／立川義剛
編集人／吉田憲生
編集／伊藤 澄

発行所／株式会社　小学館
〒101-8001　東京都千代田区一ツ橋２－３－１
電話　編集　03-3230-5105
販売　03-5281-3555

印刷・製本／中央精版印刷株式会社

デザイン／金田一亜弥（金田一デザイン）
編集協力／藤田 優

Printed in Japan　　ISBN 978-4-09-231248-7